T0244091

El libro de las casas

Andrea Bajani

El libro de las casas

Traducción de Juan Manuel Salmerón Arjona

EDITORIAL ANAGRAMA
BARCELONA

Título de la edición original:
Il libro delle case
© Giangiacomo Feltrinelli Editore
   Milán, 2021

Por acuerdo con The Italian Literary Agency

Ilustración: © Diane Parr

Primera edición: septiembre 2022

Diseño de la colección: Julio Vivas y Estudio A

© De la traducción, Juan Manuel Salmerón Arjona, 2022
© EDITORIAL ANAGRAMA, S. A., 2022
   Pau Claris, 172
   08037 Barcelona

ISBN: 978-84-339-8123-3
Depósito Legal: B. 11120-2022

Printed in Spain

Romanyà Valls, S. A., Sant Joan Baptista, 35
08789 La Torre de Claramunt

In memoriam

A. A. F.

Xaver le contestó que la verdadera casa no es una jaula con pajarito ni un armario ropero, sino la presencia del ser querido. Y le dijo también que él no tenía casa, o, mejor, que su casa eran sus pasos, su andar, sus viajes; que su casa estaba allí donde veía horizontes desconocidos; que él solo podía vivir yendo de un sueño a otro, de un paisaje a otro.

MILAN KUNDERA,
La vida está en otra parte

1. LA CASA DEL SÓTANO, 1976

La primera casa tiene tres dormitorios, un salón, una cocina y un baño. El dormitorio en el que duerme el niño, a quien convendremos en llamar Yo, es en realidad un trastero en el que han puesto una cama plegable. Es un poco húmedo, como toda la casa. No tiene ventanas, pero es cómodo y está cerca de la cocina. El tintinear de los cubiertos, el golpeteo regular del cuchillo en la tabla de cortar, el chorro de agua prolongado del fregadero, son seguramente algunos de los primeros recuerdos de Yo, aunque él no se acuerde. Tampoco se acuerda del ruido amortiguado que hace la puerta del frigorífico cuando la cierran y cuando, venciendo la resistencia que opone, la abren. Es la pequeña polifonía de la cocina: percusiones de metales con contrapuntos de loza, chorros de agua, zumbar del frigorífico, ruido del extractor de la campana.

La casa está por debajo del nivel de la calle. Para llegar a ella se baja a la primera planta subterránea por una escalera de caracol o en el ascensor. El olor que se respira en el vestíbulo del edificio, donde hay una alfombra roja que lleva a la escalera, es muy distinto del que se respira abajo, donde hay humedad y huele a sótano. Y es que la casa de

11

la familia de Yo está al mismo nivel que los sótanos, como lo están dos puertas de madera macizas tras las cuales viven unas familias indeterminadas.

Pero no toda la Casa del Sótano está por debajo del nivel de la calle. El comedor, la cocina, el baño y dos dormitorios dan a dos patios de luces. Comedor, cocina y baño a uno, y los dos dormitorios al otro. Los patios de luces están rodeados de bloques de viviendas de cinco o seis plantas que se construyeron en los años cincuenta y sesenta del siglo XX.

Cuando uno sale a los patios, no puede más que mirar hacia arriba. La abuela de Yo –en adelante Abuela– hace lo mismo todas las mañanas: sale, mira hacia arriba a ver qué tiempo hace y entra.

En el interior de la Casa del Sótano se tiene la impresión de que siempre está nublado. Por las ventanas que dan a los patios no entra bastante luz. Por eso, cuando llegan a casa, encienden una lámpara que hay en el pasillo.

En esa oscuridad ejecuta Yo sus primeros movimientos. Objetos y muebles proyectan sus sombras por el suelo, sombras que se alargan, inundan la casa, se suben a las mesas, a las repisas de las ventanas, caen sobre el frutero de porcelana que hay en medio de la mesa. Yo aprende a moverse entre esas sombras, a pisarlas, a dejarse envolver por ellas. A veces, gateando por la casa, desaparece por completo en una sombra, o se deja fuera una mano o un pie, que quedan abandonados en la luz: Yo se ve así troceado por la oscuridad, deja pedazos de sí mismo en la alfombra.

En la Casa del Sótano solo se apagan las luces cuando se duerme o cuando se sale: la casa queda entregada nuevamente a la penumbra, su elemento natural. Cuatro vueltas de llave, voces por la escalera y silencio. Las sombras salen entonces íntegras de los objetos, se arrojan al suelo, someten cada centímetro, conquistan la casa.

En el patio al que dan la cocina, el baño y el comedor vive Tortuga. Está casi siempre escondida tras las macetas o metida en el caparazón. Apenas sale al descubierto. Solo cuando aparece Abuela, corre torpemente hacia ella por el patio; golpea una y otra vez el suelo con su coraza, al ritmo siempre idéntico de su alegría. Abuela la coge y le habla; Tortuga agita en el aire las cuatro patas rugosas y experimenta así el vuelo asistido entre aquellos edificios que encierran en un cuadrado el cielo. Luego vuelve a esconderse tras las macetas llevándose la hoja de lechuga que Abuela le ha traído y que, con voraz parsimonia, se comerá, desmenuzándola con el pico córneo hasta que no quede nada.

Tortuga es el primer animal con el que Yo ha tratado en la Casa del Sótano. Y Yo es el único ser humano –aparte de Abuela– ante el que Tortuga enseña la cabeza, que saca de la concha.

Yo la busca por el patio, sabe dónde encontrarla: gatea hacia ella, recorre el patio a gran velocidad, al paso cada vez más rápido de sus rodillas. Siempre se encuentran detrás de las macetas. Yo da palmadas en el caparazón de Tortuga con percusión animada y festiva. Esa percusión tribal –Yo está sentado en el suelo, sobre el trono mullido de sus pañales– es seguramente el primer ritual que Yo ejecuta. Yo marca el ritmo en la coraza y Tortuga saca la cabeza.

Tortuga es también el primer ser vivo cuyo ejemplo Yo sigue: a diferencia de casi todos los niños, que detestan las verduras, Yo pide en tono perentorio que le den de comer lechuga. También la manera de desplazarse por la casa está copiada del quelonio: largos periodos de inmovilidad en lugares recónditos de la casa, seguidos de repentinas carreras por el pasillo.

Cuando se encuentran cara a cara en el suelo, Yo ríe ruidosamente. Acerca el piececito descalzo al morro de la tortuga y con el dedo gordo le toca la cabeza. El dedo gordo de Yo y la cabeza de Tortuga tienen la misma forma, por lo que Yo está convencido de que tiene la cabeza en el pie. En la visión de sus primeros años de vida, Yo es, pues, una tortuga con dos cabezas. Yo y Tortuga se saludan a través de los pies del niño.

La Casa del Sótano está situada en una de las siete colinas que hay en la ciudad de Roma.

En lo alto de la colina, todos los días, dos soldados del ejército italiano sacan un cañón de la muralla y, a mediodía en punto, lo disparan contra Roma. Los presentes aplauden la escena: el ejército italiano disparando –aunque sea de fogueo– contra la capital de su país. La detonación hace que muchos niños se echen a llorar y los padres tratan en vano de explicarles qué es la ficción y en qué se diferencia de la realidad. La explosión se oye en kilómetros a la redonda y la onda expansiva se propaga por el paisaje, el mismo contra el que los presentes disparan también sus cámaras fotográficas.

En la Casa del Sótano viven Padre, Madre, Hermana, Abuela. Y Yo.

2. CASA DEL RADIADOR, 1998

Comprar el televisor ha sido como poner la primera piedra. El electrodoméstico está colocado en el suelo, que es de baldosas. Es de pequeñas dimensiones –14 pulgadas, pone en la caja–, pero tiene la capacidad de hacer que la gente se tire al suelo: Yo está recostado en él como un etrusco en una tumba, mirando la pantalla luminosa. La ha comprado por puro instinto, millones de años de evolución de la especie, saber adquirido con los genes. Como aún no se conoce bien Turín, ha ido a la única tienda de electrodomésticos que conoce, y la conoce porque la ve a diario desde hace diez meses cuando pasa por delante en el tranvía: está en las afueras, cerca de la circunvalación, y en ella se venden televisores, batidoras, lavadoras y muchas otras cosas, expuestas en el escaparate como un paisaje de eficiencia.

El trayecto que ha hecho en autobús hasta su primera casa de joven licenciado ha sido, pues, sobre todo, un ejercicio de levantamiento de pesas. Yo ha subido al 55 con la caja de la Panasonic, ha pedido perdón a todo el mundo por las molestias, echando la culpa a la carga, ha depositado la caja en el primer asiento que ha quedado libre y ha permanecido de pie al lado, custodiándola. En la decimo-segunda parada, que ha ido contando según bufaban las puertas, se ha apeado, ha caminado trescientos metros con la carga en los brazos y ha subido cuatro pisos a pie.

La mirada de su compañero de piso —el propietario, un hombre que frisa en los sesenta, prueba evidente de un naufragio personal— ha sido de alegría disimulada y de firme condena: no quiere pagar el impuesto correspondiente, no quiere líos, pero sabe que se aprovechará de la tele. De pie en la puerta, ha visto cómo Yo sacaba el aparato del poliestireno, lo colocaba en el suelo y apretaba el botón. En el primer canal que ha sintonizado ha aparecido una locutora bien vestida que ha sido la primera presencia femenina en el cuarto.

Que es una casa transitoria se ve claramente por la ausencia de armario en el cuarto de Yo, y eso que ya lleva un mes y medio allí. La maleta abierta junto a la cama es la cómoda en la que guarda toda su ropa. Tampoco tiene un verdadero compromiso ni contrato oficial con el dueño. A fin de mes le paga en mano y la única condición es que los martes por la tarde no vuelva hasta la cena, para que el hombre haga su sodomía semanal.

Para su propia actividad sexual —es un acuerdo tácito—, Yo dispone de todo el fin de semana, cuando el compañero se va al pueblo.

La cosa no durará mucho y los dos lo saben, como saben que la convivencia será más bonita de recordar de lo que lo es vivirla a diario. En realidad, su relación se limita a repartirse los estantes del frigorífico y a tratarse con una cortesía discreta y aséptica. La vida se desarrolla sobre todo en los dormitorios. El resto de la casa no existe: una cocina sin ventanas —solo hay una rejilla que da a la escalera– en la que no hay espacio y en cuya mesa a duras penas puede comer una persona; una entrada que un radiador de queroseno, la única fuente de calor, ocupa casi por completo, y un baño que es el cuarto más cálido de la casa.

La razón de que la vida en los dormitorios se haga con la puerta abierta es el radiador. La alternativa es una intimidad a temperatura ambiente; pero es enero, cae la primera nieve, que en vano promete primero la Navidad y luego el Año Nuevo. Los tejados de Turín están blancos y blanca está también la estación de trenes, que queda a dos manzanas de la casa, lo que atenúa el silbido de los trenes que llegan y salen. Para tener lo que se dice intimidad hay que ponerse dos jerséis y dar diente con diente.

Por eso le ha cortado Yo la punta de los dedos a los guantes. En el frío del cuarto, se calienta las yemas tecleando en el viejo ordenador de un amigo que ha salvado *in extremis* del contenedor de la basura. Es de una especie extinguida que ya no se fabrica, y la pantalla, artrítica, agotada, se ve mal y va muy despacio. Pero es el primero que tiene y por eso no hay frío que pueda con lo que él llama la Revolución, el golpe de Estado que ha condenado a muerte al televisor.

Eso es lo que se ve tarde y noche desde las ventanas de enfrente: un joven enfundado en varios jerséis y a veces con un gorro calado hasta las orejas que, sentado a una mesa hecha con un tablero de aglomerado apoyado en dos caballetes demasiado altos, pulsa con frencsí las teclas de un ordenador; eso se ve, entre la nieve y borrosamente, suponiendo, claro está, que alguien mire.

Lo que no puede verse es la diferencia que hay entre la velocidad de Yo y la tecnología que a duras penas lo sigue; entre su teclear acelerado y la pantalla que, cansada y aturdida, se queda largo rato en blanco para, de pronto, reproducir todas las palabras de una vez, con retraso, cuando ya Yo ha acabado la frase y tiene las manos quietas en una pausa reflexiva. Así, con los dedos suspendidos sobre las teclas, ve aparecer las palabras en medio del blanco, las ve avanzar ordenadamente en línea hasta que, de pronto, se detienen porque lo manda un punto. Entonces Yo lee, aturdido también y enternecido, lo que todas esas palabras, allí en fila, vienen a decirle en medio del frío.

3. CASA DE FAMILIA, 2009

La Casa de Familia consta de tres piezas y cocina. La entrada está siempre en penumbra. Una mesita que hay a la derecha permite librarse con automatismo de las llaves. El piso es de ladrillo de granito de color amarillo y gris mezclado, y se extiende hasta la cocina, que está al fondo. A la entrada dan dos piezas, el comedor y el dormitorio de Yo y de Esposa, ambos con parqué. En el comedor hay un sofá cama de color arena, cuyo estilo, de puro ordinario, hace que pase inadvertido, como si no estuviera. Enfrente hay un televisor. Poco más cabe decir del comedor: hay una mesa color cerezo y cuatro sillas bien puestas a ambos lados, da para seis comensales.

Al fondo hay una ventana por la que se ve la terraza de enfrente, en la que, en verano, come y cena una pareja de ancianos, y que en invierno se convierte en almacén. Más allá se ven los Alpes. Con los primeros calores, Yo abre la ventana, pasa mucho tiempo asomado a ella, acodado en la repisa. En ocasiones se asoma también Hija. A veces está un momento, otras un buen rato. Cuando ve a alguien en la terraza de enfrente, Hija saluda con la mano, sin decir nada; otra mano, muda también pero jovial, le responde. Es ya una vieja costumbre, que no ha llevado a una relación ni a un saludo verbal, pero tampoco ha perdido amabilidad. Es un asunto que ha quedado exclusivamente para las manos.

Son edificios de principios del siglo XX, de clase media, hay pastelerías, domingos de dulces, restaurantes con familias bien vestidas, pero todo sin ostentación. A doscientos metros está la estación central de Turín.

El dormitorio de Yo y de Esposa es el más grande de la casa —casi treinta metros cuadrados— y se divide en zona de noche y zona de día. Una cama de matrimonio de madera clara ocupa el fondo de la habitación, junto al balcón. A ambos lados de la cama hay sendas cajas de madera cuadradas, como las de la fruta, pero pensadas para una clientela posagrícola, que se abastece en el supermercado. La mesita de Yo se reconoce por los libros que hay apilados en ella, con vacilante equilibrio. En el suelo hay un par de volúmenes abiertos, vueltos hacia abajo, que parecen libélulas posadas. Hay libélulas por toda la casa, en los brazos del sofá, en la mesa de la cocina.

La llamada zona de día del dormitorio es, en realidad, el escritorio de Esposa: hay rotuladores de colores, una cesta con tijeras y sujetapapeles, cuadernos, un ordenador portátil, una impresora, post-its rosas y amarillos.

El otro dormitorio es el de Hija.

La puerta es de cristal esmerilado y siempre está cerrada. Por el cristal, aunque uno se asomara, vería poco: un papel sujeto con tiras de celofán en las esquinas que cubre buena parte de la superficie. Es un póster que Hija ve desde la cama; da la espalda a los de fuera. El cuarto de Hija está pensado como un dentro; el fuera es un dentro del revés, es el mundo visto por la parte de las costuras.

20

Cuando se va al colegio, la habitación se abre. Esposa entra y la arregla. Yo suele quedarse en la puerta, pero no se resiste a mirar. El suelo es también de granito amarillo y gris. La cama está arrimada a la pared. Enfrente hay un armario blanco de dos puertas que están cubiertas, como si fueran musgo, de pegatinas; también hay dos fotos, una con dos amigas y otra con Padre de Hija. Al lado hay un estante con libros de texto apilados y una foto de Hija con Yo abrazados que hizo Esposa. En general, ya es la habitación de una mujer, no de una niña.

Enfrente está la cocina, que son unos pocos metros de suelo de granito. En la pared hay tres módulos de color cerezo, arriba y abajo, hechos claramente a medida. La encimera se corta de golpe y se ve el aglomerado. En medio está la cocina con horno de aire. Delante, hay una mesa con tres sillas, pegada a la pared. Colgada de esta, hay una pizarrita en la que han dibujado una tabla que representa la semana escolar de Hija, dividida en columnas de días y filas de horas.

La cocina tiene un balcón que da a unos garajes y a las casas de los vecinos. Más allá se ven las montañas. Un módulo de la cocina, como no cabía dentro, lo han sacado al balcón y lo usan de despensa.

En general, se ve fácilmente que la Casa de Familia se ha formado por la unión de dos mobiliarios preexistentes. Es fácil saber qué objetos son de Yo y qué objetos son de Esposa e Hija, es fácil reconstruir retrospectivamente las dos casas originales, las dos vidas que se han fundido en el nuevo experimento.

Por eso Yo pasa mucho tiempo en el salón, sentado a la mesa o en el sofá. Lo hace sobre todo cuando está de mal humor o se han peleado, lo que por cierto no ocurre a menudo: sus viejos muebles son su refugio y a ellos se bate en retirada. Es más, cuando se sienta en el sofá, se hace un ovillo, encoge las piernas, ni siquiera pisa el suelo. Permanece así hasta que se tranquiliza, momento en que se levanta y vuelve a moverse por la casa. Pero muchas veces es Esposa quien lo busca para reconciliarse. Yo le abre la puerta, se hace a un lado, le deja que se siente, le da la bienvenida con la mirada. Cuando, hechas las paces, ella se va, Yo vuelve a pisar el suelo, deja de poner la cara mohína que ponía de niño.

Ver casi todas las sobremesas a Hija dormida en el sofá, con un libro de matemáticas o de ciencias a modo de cojín y el lápiz caído en el suelo, es algo a lo que aún no se ha acostumbrado.

4. CASA DEL SÓTANO, 1978

Una de las primeras cosas que Yo recuerda es que Padre se encierra en su habitación durante días; incluso semanas. Empieza la primavera y por fin entra el sol en los dos patios interiores. No entra mucho y dura poco. La cosa se repite dos veces al día. La primera es cuando el sol está en su cenit, lo que en esa época del año ocurre sobre las doce cuarenta: a esa hora el sol da de lleno en el patio, pero se va pronto.

La segunda vez es hacia las seis y media de la tarde y el sol llega del este. Es solo un rayo que se cuela por entre dos edificios, cae ensanchándose e ilumina un metro y medio de suelo. En ese momento se oyen unos golpes regulares: es Tortuga, que sale de detrás de una maceta y corre dando con el caparazón en el suelo. Pilla el rayo de sol al vuelo, como un tenista la pelota, y se queda parada en medio de la luz, con la cabeza fuera.

Si tiene suerte, se queda allí sola todo el tiempo que dura el rayo vespertino, hasta que el sol se va y ella se vuelve lentamente a su sitio. Si no tiene suerte, llega Yo corriendo –y, normalmente, gritando– y convierte a Tortuga en un tambor.

Padre está siempre encerrado en su habitación; solo sale para ir al baño y después vuelve dentro. Muchas veces no come y solo rara vez lo hace con Yo, Hermana, Madre y Abuela.

Cuando Padre no está, la voz que se oye es casi siempre la de Abuela. Durante las comidas habla el televisor, que calla cuando está Padre. Habla de un político al que han secuestrado, encerrado en un piso y condenado a muerte. Se ve una foto del hombre con un periódico, que demuestra que el hombre, ese día, sigue vivo.

Por la foto no se sabe dónde está. Detrás no se ve más que una bandera.

Nadie mira o escucha realmente la tele. Pero la tele proyecta luz sobre ellos, es un haz que sale del aparato e inunda la mesa. Solo Yo se sale a ratos de ese haz; corretea por la casa, a veces se cae pero no llora. Siempre se detiene ante la puerta cerrada de la habitación de Padre.

Cuando vuelve corriendo y entra en el comedor, ve a Madre, a Abuela y a Hermana envueltas en la luz del televisor; también él se deja envolver por ella, como Tortuga por el sol de la tarde. El televisor proyecta sobre sus cabezas la imagen del hombre del periódico.

La pantalla es la entrada de un túnel que comunica la Casa del Sótano con el piso en el que el hombre está preso. Es una puerta por la que solo Yo podría entrar, a cuatro patas, eso sí.

Hermana está ya muy crecida.

Madre y Abuela quedarían poco elegantes.

Yo podría pasar cómodamente por ese rectángulo de luz; solo tendría que gatear un rato —no se sabe cuánto— y saldría por el otro lado, donde está Prisionero con el periódico.

Pero ni a Yo ni a los demás se les ocurre hacerlo: siguen en su sitio y el televisor proyecta sobre sus cabezas todo su contenido. Por otro lado, desde que ha probado y adoptado la posición erecta, Yo no quiere volver a andar a cuatro patas. Solo lo hace a veces por Tortuga, pero porque son viejos amigos.

Cuando terminan de comer, Madre va a la habitación de Padre con un plato. Yo la sigue, pero no entra; ella le hace una seña y cierra la puerta.

Al poco Madre sale y se pone a fregar los platos hablando con Abuela.

A veces, cuando ve que Yo no la sigue, Madre deja la puerta del dormitorio entornada. Un día pudo así Yo asomarse y vio a sus padres sentados en el sofá: Padre tenía la cabeza entre las manos y los codos apoyados en las piernas; Madre estaba sentada a su lado, a cierta distancia, con las rodillas juntas, sin decir nada.

Por teléfono, Abuela dice que su hijo –Padre– tiene miedo.

«No sale de casa porque teme que le hagan algo.»

«Agredió a una persona a la que no convenía agredir.»

Dice que, antes de echárnoslas de fuertes, más vale serlo.

El teléfono está en la cocina y junto a él hay una silla y una mesita. Sobre el teléfono hay una pizarrita donde Abuela apunta lo que no quiere que se le olvide.

Cuando Abuela habla de Padre por teléfono, entorna la puerta, pero Yo la abre porque tiene que pasar por ahí para ir al patio a ver a Tortuga.

Cuando pasa, las palabras de Abuela le caen en la cabeza y se le quedan enredadas en el pelo, hasta que Madre –entre gritos y protestas mil– se lo lava.

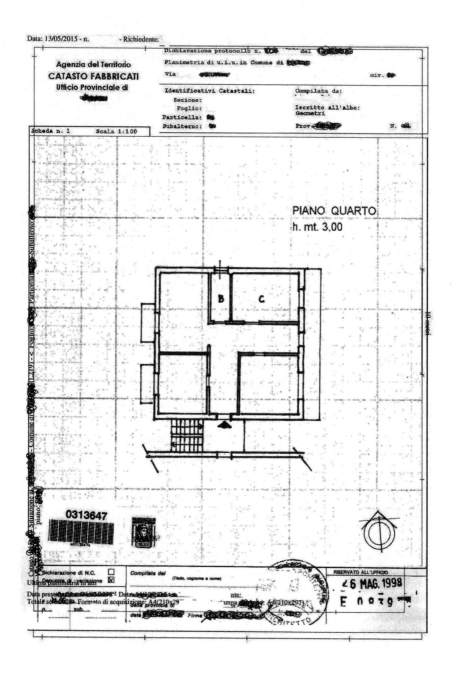

Dichiarazione protocollo n. ●●●   del ●●●●●●

Planimetria di u.i.u. in Comune di ●●●●●

Via ●●●●●   civ. ●●

Agenzia del Territorio
CATASTO FABBRICATI
Ufficio Provinciale di
●●●●●●

Identificativi Catastali: Compilata da:
    Sezione:
    Foglio: Iscritto all'albo:
Particella: ●●   Geometri
Subalterno: ●●   Prov ●●●●●   N. ●●

Scheda n. 1   Scala 1:100

PIANO QUARTO
h. mt. 3,00

B   C

0313647

Dichiarazione di N.C.   ☐   Compilata dal   (Titolo, cognome e nome)   RISERVATO ALL'UFFICIO
Ultima planimetria in atti ☒   26 MAG. 1998
Data presentazione: ●●●●●● Data ●●●●●●   nte: E n 0 ● 9
Totale schede ●●●● Formato di acquisizione A4(210x29   umpa ●●●●● A4(210x297)
     n.   sub.   data ●●●●● Firma ●●●●●

5. CASA DE LAS PALABRAS, 2010

Está a menos de un kilómetro de la Casa de Familia, pasada la estación de trenes de Turín.

Todas las mañanas Yo sale de casa, cruza el vestíbulo de la estación y llega a la Casa de las Palabras.

Tarda siete minutos, ocho si se para a mirar los paneles de las salidas. Hay días que no los mira. Otros sí, y repasa los destinos. Se imagina en uno de ellos. Luego sigue su camino, atraviesa el flujo de personas y sale por este lado de la ciudad.

Aquí antes había tiroteos y la gente no salía de casa. Para dormir tenía uno que ponerse tapones o cubrirse la cabeza con la almohada. O dormirse pensando en marcharse, aunque al final se quedara.

Ahora ya no hay tiros. La venta de droga se concentra en dos esquinas, que quedan cerca del paso elevado. El resto son locales de copas y los jóvenes se pasan la noche de juerga. Con cada copa alzan un poco el tono de voz. Para dormir tiene uno que ponerse tapones o cubrirse la cabeza con la almohada. O asomarse a la ventana y gritar inútilmente. Pensar en marcharse, no dormirse dándole vueltas a esa idea y al final quedarse.

La Casa de las Palabras está en la primera planta de un edificio de los años treinta del siglo XX.

En la planta baja hay un viejo ultramarinos en cuyo escaparate el dueño ha puesto una reja para que la gente no se siente a beber. Yo está exactamente encima de la tienda; nota en los pies la vibración del frigorífico, sobre todo los domingos, cuando todo está en silencio. El resto de la semana no hace caso; oye, eso sí, la campanilla cada vez que entra un cliente.

Todos los días llega al amanecer y se va al atardecer. En invierno se va antes, en verano a la hora de cenar: se rige por el sol. No quiere ver cómo la luz declina y muere.

A la hora de comer, sale a tomar algo; se come un bocadillo en un bar o un plato de pasta en un restaurante. No habla con nadie; si hay una tele encendida, mejor, le gusta ver lo que pasa en el rectángulo de luz.

La Casa de las Palabras es un cuarto de dos metros por cuatro. Hay una ventana que da a la calle y una puerta que da directamente a la escalera. Ni en el timbre de la puerta ni en el telefonillo de abajo figura el nombre de Yo. Nadie llama porque nadie sabe que está. Cuando llaman es que buscan a otros y Yo nunca abre.

En la Casa de las Palabras hay una mesa, una silla y un sillón.

En la pared del escritorio hay una pizarrita que le ha regalado Esposa y en la que pone, con tiza: «Para tus palabras.» Las palabras de Esposa, escritas con su letra clara y graciosa, le cubren las espaldas.

Las paredes son blancas y están desnudas; se ven los agujeros de los clavos y las manchas que han dejado los cuadros que había antes. Todo eso pertenece a la vida anterior de la casa.

Yo no ha borrado esas huellas. Por las marcas que la luz ha dejado en la pared, el pasado observa a Yo y Yo observa el pasado.

Hay unos agujeros grandes que son seguramente de uno o dos estantes que colocaron uno encima de otro. Yo no ha puesto estantes ni se ha llevado libros; los pocos libros que tiene allí están en la mesa y cambian constantemente.

Lo que sí tiene son muchos cuadernos; cuadernos tipo agenda, de pequeño formato, de ochenta páginas, de cuadrículas grandes o de renglones, eso da igual. Se ven restos de goma de borrar entre las páginas y sobre la mesa, que es negra. Son como copitos de nieve, aislados, de palabras eliminadas.

A la mesa se sienta en un sillón giratorio, de despacho.

Pasa mucho tiempo vuelto hacia la ventana, mirando el edificio de enfrente. Si alguien se asoma a una ventana y mira en su dirección, Yo se vuelve y pone los ojos en el ordenador.

Cuando entra en la Casa de las Palabras, Yo se quita los zapatos y los deja en la puerta, uno al lado del otro. En verano, se quita también los calcetines, que dobla y mete en el lugar que ocupaban los pies.

Cuando se quita los zapatos y enciende el ordenador, Yo se va a un lugar donde Esposa no existe.

Todos los días, coge el cabo de la cuerda de palabras que ve en la pantalla y, apoyando los pies desnudos, se descuelga por la pared blanca del monitor hasta que desaparece en el rectángulo de luz.

De lo que ve cuando entra en la luz nada le dice ni a Esposa ni a Hija; tampoco sabría qué decirles.

Solo sabe que, al final del día, hace el camino contrario: se agarra a la cuerda de palabras y, apoyando los pies en la pared, sube metro tras metro, llega a la superficie, sale del rectángulo de luz y reaparece en el despacho.

De lo que Yo, que está a siete minutos de la casa en la que vive con Familia, ve todo ese tiempo, solo queda algún rastro en su mirada.

Por la noche, cuando se sienta a cenar con Esposa y con Hija, nadie le pregunta qué ha hecho en todo el día. Esposa solo le pregunta cómo ha ido y él solo contesta que bien, tras lo cual se habla de otra cosa.

Esposa querría preguntar más, pero sabe que ese es precisamente el peligro. Y no pregunta por miedo a saber o por respeto. Sabe que debe esperar; que algún día, cuando Yo haya acabado y le deje leerlo, Esposa lo comprenderá todo y podrá reconstruir el pasado, dividido por cenas.

De momento, lo único que puede hacer es intentar descifrar la mirada con la que Yo se sienta a cenar; ver qué se mueve en esa mirada, si ya ha ocurrido lo irreparable, si hay sitio también para ella o Yo se ha ido ya a otro lugar y solo viene a casa a dormir.

6. CASA DE LA MONTAÑA, 1983

Aunque es como una fortaleza, está en la tercera planta de un bloque de viviendas de reciente construcción. En el interfono se ve escrito el nombre de la familia de Yo con los mismos caracteres que los demás. Es el tercer timbre de la derecha, se pulsa con el dedo, suena y se entra. Dentro hay una familia a la que Padre tiene encerrada con llave y que de cuando en cuando se asoma a la ventana. Yo tiene ocho años, si pudiera se pasaría todo el rato asomado. El lugar está al pie de los Alpes y en él viven unas mil personas. Dista casi ochocientos kilómetros de la Casa del Sótano, la máxima distancia que puede haber dentro de las fronteras del país.

El bloque de viviendas forma parte de un complejo residencial cuya construcción se anunció durante años. Este complejo consta de tres edificios color mostaza que rodean por sendos lados un parque en el que hay clavados tres carteles que dicen: «Prohibido pisar la hierba.» En el cuarto lado hay un aparcamiento de dimensiones reducidas. De ahí se accede al complejo por unos senderos de gravilla que llevan directamente a la entrada de los bloques.

31

La Casa de la Montaña consta de cocina y dos dormitorios. Los cuartos están a derecha e izquierda de un pasillo central. Al fondo está el baño, cuya puerta, de cristal opaco, está siempre cerrada. La cocina está al entrar a la derecha, seguida del comedor. Los muebles de una y otro son de una tienda del lugar especializada en decoración alpina. La mesa de la cocina, el aparador, el sofá, los dos sillones y el armario son de madera maciza y tienen grabado un motivo floral. La cocina tiene un balcón pequeño que da a un sembrado. Más allá de este está la carretera, pero no se ve. A la derecha se entrevé el cementerio, que está rodeado de unos muros bajos y sólidos y tiene un paseo flanqueado de cipreses.

A la izquierda se ven las chimeneas de una fábrica de papel que echan humo. Aunque está algo apartada, la fábrica de papel es el centro del lugar, la que da más empleo. También alimenta la testosterona de los adolescentes, con ejemplares desechados de revistas pornográficas que se dejan en los contenedores de reciclaje. Allí será donde Yo, sin tener que inventar nada, experimentará su primera eyaculación consciente, un desahogo, un sobresalto del bajo vientre, sin tocarse siquiera con las manos.

Pero eso aún no ha ocurrido, habrá que esperar unos años: de momento la fábrica de papel es solo humo, guiño, combustión, y Yo es un niño que ve elevarse ese humo. Yo ve también muchas veces a grupos de tres o cuatro jóvenes que, en bici por la carretera, gritando y poniéndose, emocionados, de pie en los pedales, llegan a su destino con la promesa de encontrar fotos de senos y órganos sexuales que muchas veces están manchadas de lluvia, barro y semen. Y los ve también cuando, horas después, regresan despacio, dejando que las ruedas zumben, con la cadena quieta.

El dormitorio de Yo está enfrente del comedor. Es un cuarto grande con un armario de tres puertas normal y corriente. Hay dos literas en las que resalta el motivo floral y que están al entrar a la izquierda.

Yo duerme en la litera de arriba, protegido por unos pies de madera maciza. Todas las noches sube por la escalerilla y pasa por encima de los pies. Hermana duerme en la de abajo.

La ventana da a un balcón que se abre al parque de la comunidad. Un poco más allá se ven las montañas.

El comedor es el dormitorio de Padre, del mismo modo que la cocina pertenece a Madre y marca una clara jerarquía social y de especialización. Padre solo entra en la cocina para comer, Madre solo entra en el comedor para hacer la cama.

En efecto: acabada la cena, el comedor se convierte en una habitación privada. El sofá se transforma en lecho conyugal. Los sillones se arriman a la ventana y se enciende el televisor, que Padre y Madre ven desde la cama. Lo que se ve cuando se entra a esa hora es un dormitorio como cualquier otro.

Yo aprende así que existen metamorfosis. El universo de Yo puede verse revolucionado en cualquier momento. Yo acepta que subviertan o anulen su mundo si lo manda Padre. Acepta que las cosas desaparezcan como algo natural.

A Yo no le queda otra que retirarse al caparazón que es su cuarto, pasar por encima de los pies y quedarse mirando el techo como una tortuga mira por dentro su caparazón.

En la Casa de la Montaña no hay teléfono porque Padre necesita descansar. Por eso la casa está siempre en si-

33

lencio. En cambio, en los pisos de arriba y de abajo no para de sonar el teléfono.

Una vez por semana, Madre coge un puñado de monedas y baja a una cabina telefónica que hay a unos trescientos metros. Las monedas para llamar las guarda los demás días en un cenicero que hay junto a los manojos de llaves. Cuando vuelve de hablar por teléfono, dice que Parientes les dan recuerdos a todos.

La ausencia de teléfono es la muralla contra la que chocan las llamadas de Abuela y de Parientes. Es la forma como Padre tiene emparedada a la familia.

Emparedada viva, la familia está a salvo.

Padre puede descansar tranquilo cuando quiere.

Madre guarda lo que le sobra de la compra para llamar.

7. CASA DE TORTUGA, 1968

No hay mucho espacio, pero tampoco da la impresión de que sea un lugar angosto. Está concebido para un único inquilino, solo hay un cuarto y lo estrictamente necesario. Solo tiene una puerta, la delantera. Por esa puerta Tortuga mira el mundo; por esa puerta se retira de todo. Por detrás hay dos ventanas que siempre están abiertas y por las que entra luz y salen las patas. Hay más aberturas en las paredes laterales y una más pequeña al fondo para la cola.

El techo es abovedado, imponente, aunque la casa sea de dimensiones reducidas. Por las aberturas –anterior, posterior y laterales– se proyecta en el techo todo aquello junto a lo cual Tortuga pasa. El mundo es lo que se proyecta en ese techo. Si Tortuga se mueve, lo proyectado cambia: la bóveda se vuelve una pantalla, la casa es un cine ambulante.

El suelo, como las paredes, es de hueso. Consta de unas diez baldosas, aunque parezca completamente liso.

Es austero pero no frío, elegante con imperfecciones.

Más que caminar por ese suelo, Tortuga yace en él.

Para andar, anda por el suelo de fuera, en el que deja sus huellas.

En general, el interior es sobrio. Tiene la acústica de una gruta: el ruido del mundo retumba dentro, entra por las ventanas, repercute por todo y poco a poco se apaga.

En ese interior, los truenos suenan con estruendo y el eco dura mucho. Cuando llueve, la casa se vuelve un infierno. Cada gota parece un redoble de tambor.

Vista por fuera, la casa de Tortuga es independiente. Solo tiene un piso; no hay vecinos ni arriba ni abajo, nadie molesta. Tampoco tiene cimientos, descansa directamente en el suelo.

El tejado está hecho de sesenta tejas taraceadas de color oscuro.

El baño está fuera.

La casa de Tortuga también es su tumba.

La lleva consigo a cada paso. La habita en vida.

No tendrá que moverse cuando muera.

Su contexto urbanístico es el mismo que el de la Casa del Sótano: el de la Roma de los años sesenta, años de degradación, preludio del fin.

Pero Tortuga acaba de llegar, aún no sabe nada. Abuela —que aún no era abuela sino solo madre de Padre, que a su vez solo era hijo— se la encontró entre la hierba, en un parque cercano. Creyó que era una piedra, pero luego la vio moverse; moverse despacio, sí, pero lo suficiente para que no hubiera duda. Cuando la cogió y la miró de cerca, Tortuga se metió en su casa. Mientras subía, vio el cielo.

Al oír la voz de Abuela volvió a salir; le preguntaba de dónde venía, qué hacía allí, adónde iba. Al ver aquella cara tan cerca que le hablaba, Tortuga se fió, lo que no siempre pasa.

Tortuga aún es pequeña, cabe en la mano; Abuela la llevó en la palma el trecho de calle que la separaba de la Casa del Sótano.

De camino, Abuela le hablaba todo el rato; se encontró con algunas mujeres y se paró un momento. Todas querían tocarle con el dedo la cabeza a Tortuga, pero esta no salió.

Por seguridad, permaneció dentro el resto del vuelo.

Bajaron la escalera y llegaron al sótano, Abuela abrió la puerta, encendió las luces, salió por la cocina al patio y la depositó en el suelo. Tortuga corrió a esconderse detrás de la primera maceta que vio, en la que Abuela había plantado un jazmín semanas antes.

Más que edificios, ahora Tortuga ve macetas, baldosas de cemento por las que va y viene, un tubo de goma verde por el que de vez en cuando sale un chorro de agua que cae en las flores, el tronco de un árbol, un cubo oscuro.

8. CASA DEL SEXO, 1991

La Casa del Sexo es un piso en esquina de la tercera planta de un edificio que se construyó en los años cincuenta en las afueras de una pequeña población que aspira a metrópoli. A la fachada principal dan la cocina y el comedor, unidos por un balcón. A la otra fachada dan el dormitorio de Chica Virgen, el de los padres y el baño. Los muebles son modernos, la cocina tiene lavavajillas y un horno microondas, que Yo ve por primera vez. El lavavajillas da calor y hace ruido, por lo que la familia cierra la puerta al acabar de comer. Hay televisor en todas las habitaciones, menos en la de Chica Virgen.

En el comedor hay un sofá de piel y un sillón, además de una mesa de madera maciza –sobria y sin motivos florales– que solo se usa cuando vienen invitados a cenar. Durante el día, esta mesa hace de escritorio de Chica Virgen: en ella extiende sus libros y cuadernos y hace sus deberes de tercero de instituto.

Yo acude en bici casi todas las tardes. Desde la Casa de la Montaña no hay más que diez o quince minutos. Lleva una mochila con los libros de texto. Cuando sube la cuesta de la casa de Chica Virgen, Yo nota el peso y pedalea de pie.

Sobre la mesa del comedor, Yo y Chica Virgen descubren el gozo y la turbación que produce el sexo. Ella se tiende sobre los libros, abre las piernas, deja que la falda se le deslice por las caderas. Yo la penetra vestido, de pie. La puerta del comedor está cerrada y no piensan que podría abrirse. Es verdad que no se abre, ni tampoco se darían cuenta, presa como son de la furia.

Asíntotas, gráficos circulares, Cicerón, páginas antológicas de Dante son el lecho en el que yace el cuerpo menudo de Chica Virgen. Es lo que ve Yo cuando sube a la mesa, se echa sobre ella y empieza a acometer con ardor entre sus muslos. Cicerón, Newton, Pitágoras ven cómo contrae la cara violentamente.

Luego cambian de posición: Yo se coloca de espaldas y deja que ella lo monte, chille de gusto, arrugue con las rodillas las hojas en las que estaba escribiendo.

Al final Yo se quita el preservativo, se libera de él con un chasquido. Después siguen estudiando con la cara roja y recuperando poco a poco la respiración.

A veces, Chica Virgen, no satisfecha, vuelve a empezar: se pone a cuatro patas debajo de la mesa y le chupa el miembro erecto. Yo no se inmuta, no suelta el bolígrafo en ningún momento. Solo lo suelta cuando eyacula y gime, dando con el puño en el cuaderno. Chica Virgen se levanta, se sienta sonriendo sin decir nada y sigue haciendo los deberes como si tal cosa.

Chica Virgen y Yo no son novios, ni se dicen palabras cariñosas ni se hacen promesas. Son cuerpos complementarios que se acoplan todas las tardes.

Cuando Yo se va, ya tarde, Chica Virgen pone orden; lleva libros y cuadernos a su habitación y pone la mesa de la cena. Extiende un mantel blanco, coloca los platos, los cubiertos a ambos lados de los platos y los vasos delante a la derecha. No piensa un instante en lo que hay debajo del mantel, en las huellas que han quedado en la madera, en los secretos que esta guarda.

9. CASA AMBULANTE DE FAMILIA, 2008

En sí misma no es una vivienda autónoma, aunque aguante el frío y la intemperie. No importa que se mueva, tenga un motor y cuente los kilómetros: como vivienda, es una extensión de la Casa de Familia. Técnicamente es un Fiat Panda blanco y está lleno de pegatinas, una de las cuales, ya desvaída, es de bebés. Solidez, geometría, formas cuadradas y morro recto: es uno de los muchos herederos de la lata con la que Italia produjo en serie y luego envasó a la familia nueva a finales de los años cincuenta: familias felices, todas iguales, todas en movimiento hacia la costa. Línea típica de los años ochenta pero sin curvas, fiabilidad total, fácil reciclaje de las piezas de recambio.

Pintura aparte –tiene desconchados en los faros–, la casa ambulante va tirando. El mecánico, a quien la encomiendan periódicamente, los tranquiliza: parece que la Casa Ambulante durará eternamente. Para los mecánicos es un gran alivio: se asoman, levantando y apuntalando el capó, al escenario del motor como a un espectáculo lleno de sensatez. Todo lo ven, todo lo conocen, en todo pueden intervenir fácilmente. No tiene paneles de control electrónicos ni, por tanto, necesita ese mantenimiento que es como una experiencia religiosa. Es el último destello de ilustración que queda en el mercado.

En la Casa Ambulante es donde Familia cobra forma realmente. Fue, desde el principio, su incubadora, el dispositivo que permitió y permite que sobreviva. Nacida imperfecta, la ciencia la mantuvo en vida cuando la naturaleza la habría condenado a una muerte segura. Primero unieron las dos partes desparejas –por un lado Yo y por otro Esposa más Hija, sin vínculos de sangre– y luego las cosieron. La operación salió bien, no hubo contratiempos ni infecciones.

El siguiente era el paso más difícil –como que en él sucumben casi todos los organismos familiares que no se ajustan a las estadísticas principales–: sobrevivir en el medio, exponerse a las amenazas del planeta. La Casa Ambulante desempeña esta delicadísima función: es la cámara hiperbárica en la que introdujeron a Familia después de la operación, el espacio cerrado, metódicamente higienizado, en el que libró su primera batalla por la supervivencia. Terapia intensiva el primer año seguida de sesiones cada vez más espaciadas, pero sin abandonar del todo el instrumento.

Por eso, en la fase inicial, Yo y Esposa con Hija se mueven por el medio metidos siempre en el recinto de chapa con ruedas. A cuantos los ven pasar les resulta evidente que están atravesando un momento delicado, en el límite estrechísimo que separa la muerte segura de la vida artificial. Yo y Esposa se sientan delante, Yo al volante, Esposa al lado.

El tiempo que pasan diariamente ahí dentro, en la incubadora, nunca es inferior a dos horas. Van y vienen por el centro de la ciudad, pero normalmente cogen la circunvalación de dos carriles camino de los Alpes o la autovía camino de la playa. Viajes largos y paisaje, combinados, son lo que más aligera el peso de la terapia. Además lo que hay fuera, si es bello, se disfruta con el placer añadido de estar sentados dentro. El campo alrededor, el espejo de agua que hay al doblar por la carretera provincial, son el escenario perfecto que favorece la regeneración celular programada, la metamorfosis de Yo y Esposa con Hija a Familia sin más.

Aunque lo que sucede dentro pueda verse por las ventanillas, es esencialmente vida en grado cero. Son humores corporales que se propagan por un espacio cerrado, que las palabras que se pronuncian estimulan y hacen circular. La temperatura que se alcanza dentro de la Casa Ambulante –entre 20 y 25 grados– es la que se necesita para que se active la reacción celular que conviene en este tipo de operaciones. Por lo demás, todo vale, comer patatas fritas, cantar, no decir nada durante kilómetros, incluso pelearse y dormirse.

Periódicamente, Yo y Esposa comprueban si la terapia funciona. Lo hacen por la noche, cuando cenan, ven la tele o salen a pasear.

Yo querría ver resultados inmediatos.

Esposa es mucho más paciente.

Hija cree al más convincente de los dos.

Algunas noches parece que funciona –se atisban señales de Familia– y Yo y Esposa hacen el amor hasta muy entrada la noche.

Otras noches parece que no funciona, Yo ve la gran distancia que los separa, Esposa e Hija están lejos y Familia no parece sino una reacción que ha salido mal.

En esas ocasiones, Yo sale a caminar, callejea como un gato por Turín, pegado a las paredes, asomándose a la luz de los zaguanes, desapareciendo en la sombra de las farolas, entre los coches aparcados.

Desde la calle mira la casa iluminada, por la cara no se sabe cómo se siente, si liberado o repudiado, aunque normalmente se sabe por la manera de andar. Si ve la Casa Ambulante entre las rayas azules del aparcamiento de pago, procura olvidarla, se limita a mirarla de reojo con pereza.

10. CASA DE PARIENTES, 1985

La Casa de Parientes está en el segundo piso de un bloque de viviendas de cinco plantas. El edificio se construyó a finales de los años sesenta, como el resto del barrio, por cierto. En línea recta, está a tres kilómetros de la Casa del Sótano, en dirección a Fiumicino. Hay que caminar media hora subiendo y bajando cuestas leves. Al llegar, el paisaje urbanístico es homogéneo y tiende al naranja. Al amarillo, en algún caso, con barandillas grises.

A simple vista, podría parecer el mismo barrio, pero metro tras metro el color cambia, varían detalles imperceptibles; al final del trayecto, pasada la carretera, ya no se parece nada. El parque ha desaparecido, no se ven cúpulas, monumentos ni ruinas precristianas.

Centro propiamente dicho no hay: todo es centro, como ocurre en los suburbios. Las inscripciones rupestres más antiguas están hechas con aerosol y se remontan al año 1983, año en que la Roma ganó la liga.

La Casa de Parientes consiste sobre todo en un pasillo al fondo del cual Parientes están sentados todo el día. Quien entra los ve empequeñecidos por la distancia. A veces uno de los Parientes se levanta y sale al encuentro del que llega: va aumentando de tamaño a medida que se acerca por el pasillo. Cuando llega a la puerta está a escala 1:1. La Casa de Parientes consta de unas pocas piezas. A mitad de pasillo está el comedor, con una mesa redonda extensible, un sofá, un aparador con platos y vasos para ocasiones especiales y un mueble sobre el que hay un televisor de tamaño mediano. El comedor se cierra cuando no se usa y las persianas casi siempre están bajadas.

Hay también una cocina estrecha y larga con módulos, una habitación de matrimonio con un armario grande que llega al techo, y un par de dormitorios individuales, impersonales, en los que duermen Parientes jóvenes.

La diferencia entre las habitaciones de Parientes jóvenes y las de Parientes viejos es que en las primeras hay tableros con fotografías y en las segundas las fotos llevan marcos plateados y representan a esposos o Parientes muertos.

Yo tiene un recuerdo vago e intermitente de esta casa. La recuerda un momento y luego la olvida como si no existiera. Aparece, relampaguea, desaparece.

Por decisión inapelable de Padre, Parientes desaparecen también por periodos más o menos largos; a veces meses, a veces años; algunos, para siempre. El nombre Parientes queda abolido del vocabulario de la Casa de la Montaña. Parientes han dejado de existir, y si Yo y Hermana los mencionan, Padre amenaza con abolirlos también a ellos.

Borrada la palabra, Parientes desaparecen también de la cabeza de Yo.

Solo Madre, cuando va a la cabina con su puñado de monedas, los menciona, y al volver da recuerdos a la familia de parte de ellos. Pero los días que telefonea, en su rostro la conciencia de Parientes es como un ojo morado. La voz cálida de Parientes es, para Madre, un puñetazo en la cara que la marca para varios días. Durante esos días, Padre deja de mirarla y espera a que el morado desaparezca. Cuando esto ocurre, Madre da las gracias a Padre por dejarle que llame a Parientes. Su manera de agradecérselo es quitarse a Parientes de la cabeza. Si no lo hiciera, Padre se lo vería en los ojos. Por eso Madre se traga a Parientes como puede, cerrando los ojos: nota que le bajan por la garganta, le arañan el esófago, desfondan el píloro; caen en el estómago como un alud de piedras, aunque fuera no se oiga el ruido que hacen los huesos al caer.

Parientes son demasiado grandes y duros para que Madre pueda masticarlos. Por eso los entrega íntegros a las llamas del ácido clorhídrico. Lo mismo hace con su casa. Es el regalo con el que obsequia a Padre todas las semanas: disolver a Parientes en el estómago.

Algunas noches a Madre le duele la tripa. Tumbado en su cama, Yo la oye quejarse; a veces la oye llorar de dolor y oye también la voz de Padre que le da instrucciones para que se le pase.

Cuando Madre se queja mucho, Padre la lleva al hospital y le hacen pruebas. Pero nunca le encuentran nada: no tiene nada en el estómago ni en la tripa.

A Madre se le da muy bien no dejar rastro de Parientes, disolverlos en el ácido. Aunque le meten un tubo por la garganta hasta la boca del estómago, no encuentran nada. La cámara que hay en la punta del tubo muestra siempre que allí abajo no hay nada. Padre ve el resultado satisfecho y se lleva a Madre a casa. Si a la noche siguiente Madre vuelve a llorar, ya no van al hospital.

El buen comportamiento de Madre lo premia Padre en el dormitorio con sexo: Yo y Hermana oyen los golpes que da el sofá cama en la pared y a Madre respirar fuerte. El dolor de estómago y el sexo se convierten en un único quejido.

Hermana se vuelve contra la pared, Yo se tapa con la almohada.

Al poco no se oye nada.

Y así desaparece la Casa de Parientes de la percepción.

Luego reaparece.

Por decisión inapelable de Padre, Madre coge las monedas y va a la cabina a decirles a Parientes que después de tanto tiempo se verán. Vuelve a casa y trata de ocultar la alegría. Hace las maletas y Padre las coloca en el coche con complacida geometría.

En el viaje de la Casa de la Montaña a la Casa de Parientes, Madre los pone al día, les cuenta quiénes son Parientes, qué hacen, qué han hecho en ese tiempo. Son ocho horas, y Yo y Hermana escuchan distraídos; miran más bien los coches que pasan.

Cuando, después de tanto tiempo, entran en la Casa de Parientes, siempre hay alguien que sale a su encuentro desde el fondo del pasillo. Los abraza a los cuatro y dice cosas que hacen ver que se alegra.

A veces Yo reconoce a la persona, otras no. Reconoce el lugar como si lo recordara otra persona: no le resulta nuevo, pero es una sensación que conecta alma y olfato, que excluye el cerebro de toda atribución.

Uno tras otro, también los demás Parientes los abrazan; a Yo y a Hermana sobre todo, porque son niños. Yo responde a todas las preguntas que le hacen porque es parte de la inapelable decisión de Padre. Hermana guarda silencio, se dirige casi solamente a Yo cuando los demás hablan entre sí.

Yo trata de distinguirlos porque todos se parecen. Se parecen también a Madre. Y se parecen también a Yo, cosa que Padre no le perdona, como no se lo perdona a Madre ni se lo perdona sobre todo a Parientes.

Acto seguido suben las persianas del comedor y ponen la mesa para muchos con el mantel de los días de fiesta. Yo y Hermana ayudan, aunque no saben dónde están los platos, los vasos ni los cubiertos.

Durante la comida, Yo se dirige a los demás llamándolos Parientes porque es lo que debe hacer. Ellos repiten una y otra vez que se alegran de que Yo y Hermana sean también Parientes. Yo mira a Padre para saber si es verdad, pero Padre calla, quiere ver qué contesta. Yo no contesta y sonríe, avergonzado del parecido. Pero si le metieran un tubo por la garganta y le miraran el estómago, verían que Parientes no existen. O quizá sí existen, y por eso es mejor no arriesgarse, no intentarlo, no permitir que la sonda inspeccione, deglutir mucho y espeso.

11. CASA DE PRISIONERO, 1978

Si Yo se introdujera a gatas por el rectángulo de luz del televisor que hay en el comedor de la Casa del Sótano, recorrería un largo pasillo que nadie ve.

Por la otra punta de ese pasillo, en la casa en la que se halla encerrado por voluntad ajena, Prisionero vería salir a un niño en pañales y camiseta de tirantes.

Lentamente, y quizá sin reparar en el hombre que lo mira, Yo avanzaría, llegaría hasta él y no podría dejar de verlo.

Quizá entonces se agarrara de su pierna para ponerse en pie.

Prisionero lo cogería.

Aunque lo más probable es que Yo lo mirara guardando las distancias.

La Casa de Prisionero tendrá unos cuatro metros cuadrados. Consta de una sola pieza y no tiene ventanas. Hay una simple cama arrimada a la pared, es una cama plegable. Al fondo hay una mesa y una silla de madera pintada.

Yo se encontraría seguramente a Prisionero sentado a la mesa y escribiendo en una hoja.

O sentado en la cama. O en el suelo, con la espalda apoyada en la pared.

Hay una bombilla monda y lironda que cuelga del techo; está encendida pero apenas ilumina. Sirve para que se vea que, sin ella, todo estaría oscuro y solo se oiría una respiración fuerte y regular.

Prisionero no sabe dónde está su casa. Solo sabe que no hay más, que su mundo se acaba en ese recinto cúbico.

No sabe que enfrente hay un parque y una villa abandonada; no sabe que los árboles se elevan sobre Roma, que ha llegado la primavera.

No sabe quién da los pasos que oye en el piso de arriba, pero conoce todas sus vibraciones.

No sabe que su casa está dentro de otra casa, que a su vez está dentro de un bloque de viviendas, que a su vez está dentro de otra casa más grande que es Italia.

Si Yo se introdujera por el rectángulo de luz del televisor del comedor de la Casa del Sótano, sería quizá demasiado tarde y al salir no encontraría más que la cama, sin Prisionero.

Se desplazaría por ese espacio vacío en pañales y a cuatro patas; no vería nada más.

Quizá tampoco oiría los tiros de pistola que vendrían del sótano.

12. CASA DEL ADULTERIO, 1994

El lugar es una ciudad de provincias, el trasfondo indistinto del norte de Italia, en el que una ciudad de provincias es como cualquier otra ciudad de provincias. Fuera de Turín, todo es provincia interminable en cualquier dirección. La Casa del Adulterio es principalmente una ventana y una perspectiva. La perspectiva es diagonal y va de afuera adentro y de abajo arriba. Arriba está la ventana de Mujer con Alianza; abajo, en la calle, está Yo, que tiene diecinueve años y mira fijamente hacia el tercer piso.

Entre la calle y la ventana hay una columna. Más que columna es un pilar de hormigón, mezcla de cemento, gravilla, agua y arena. Está situado enfrente de la ventana, en un pórtico. Es el punto de fuga de la mirada, el apostadero diario. El hombro derecho es el punto de contacto, lo que sobresale es media cara.

Yo se conoce el pilar al detalle. Si hay una nueva pintada, la ve enseguida. Hay pocas y casi todas están hechas con aerosol; las anarquistas en negro, las intimistas en rojo. Dicen «Te quiero», «A la mierda», «Siempre», «Nunca más» y variantes.

La ventana –como todas las del edificio, marco lacado, tamaño normal, dos hojas– es la boca delegada, la portavoz de Mujer con Alianza: le habla a Yo desde lo alto, le dice lo que tiene que hacer y da sentido a su espera. Es la boca del edificio, el oráculo del amor, la ventana que determina la duración de su tormento.

Habla y por eso tiene Yo la cara alzada.

El idioma con el que la ventana le habla está compuesto de tejido y geometría. Es un alfabeto ortogonal, hecho de movimientos horizontales y verticales. Habla de arriba abajo por la persiana enrollable verde de PVC, y de izquierda a derecha por la cortina de tul blanco.

Las palabras que Mujer con Alianza pronuncia y solo Yo sabe descifrar son una combinación cifrada de los ejes de abscisas y de ordenadas.

El eje vertical es el de las comunicaciones prácticas; el horizontal, el de las emociones.

Eje de ordenadas: persiana desenrollada a medias, «Marido en casa»; desenrollada dos tercios, «Marido se va»; desenrollada casi del todo, «Acaba de salir»; desenrollada del todo, «No estamos, no esperes».

Eje de abscisas: cortina corrida, «Te quiero, pero estamos aquí en este cuarto»; cortina descorrida unos diez centímetros, «Te quiero y voy a aparecer enseguida, estate atento»; cortina descorrida a medias, «Te quiero, estoy acostando a los gemelos»; cortina descorrida –todo el tul echado a la derecha–, «Te quiero, he salido pero vuelvo ahora mismo, pronto estaremos juntos, correremos esta cortina y haremos el amor».

Con el hombro derecho apoyado en el pilar y la cara alzada, Yo traduce lo que el oráculo dice. Si las noticias son buenas, o sea, si se acerca el momento de entrar en la Casa del Adulterio, siente un estremecimiento que le sube de los tobillos a la ingle y el pantalón se le abulta. Se mete la mano en el bolsillo y se palpa el miembro erecto. Traga saliva y procura reducir la presión sanguínea que nota en las sienes.

Si, en cambio, nada ocurre, si la ventana oracular solo le dice que espere sin aclarar hasta cuándo, y si la espera se prolonga sin que nada se mueva en ninguna de las dos direcciones en las que se articula el idioma, Yo siente que todo tira hacia abajo. La esperanza es como un peso que cae y arrastra consigo cara y ojos; incluso el sexo, fláccido, cuelga sin vida.

Cuando, al final, la persiana empieza a subir, incluso tras la más agotadora de las esperas, Yo enseguida se anima. Con el eje que gira, con la persiana que se eleva, se levantan también la cara y el pene de Yo, que vuelve a mirar la ventana. Todo se hace otra vez orgullosamente antigravitatorio.

En ese momento sabe Yo que solo es cuestión de segundos. Puede bajar los ojos y mirar la puerta. Esta se abrirá y saldrá Marido, con su cartera de cuero bajo el brazo, su corbata, su pelo peinado y su alianza en el dedo. Se dirigirá a la izquierda y doblará la esquina.

No sabe Marido que, en cuanto haya girado, una persona, enfrente, saldrá de detrás de un pilar. Y, aunque la viera, seguramente no sospecharía nada: es un joven, con una mochila y un walkman.

El joven cruzará la calle, entrará por la puerta por la que Marido acaba de salir. En el tercer piso, la ventana dirá, con la abscisa de la cortina, que ya no hace falta mirar. Y durante un par de horas callará.

13. CASA DE LA RADIO, 1999

Desde el balcón del sexto piso se ven nítidamente las montañas. Aunque es agosto, las cumbres están blancas. Está en la vía que sale a la autopista de Milán; es una avenida con lateral y cuatro carriles y estas semanas está vacía. No hay más que dos coches aparcados y no se moverán en todo el mes.

Es un edificio de principios del siglo XX cuyos primeros pisos se ven ennegrecidos por los humos de escape de coches y motos. Hay una pintada de la que solo se lee la palabra «Polis» y que un falo enorme de color lila que hace de signo de exclamación tapa parcialmente. El punto de la exclamación es el escroto, que está un poco separado.

Los demás edificios de la avenida son igual de altos; algunos son de ocho pisos. Da la impresión de que sea un solo edificio que se alarga hasta el fin de Turín y que solo la perspectiva empequeñece. Se interrumpe de pronto, a pico: más allá del último edificio hay campos, casas bajas, todo se ve cada vez más a ras del suelo hasta que se llega al aeropuerto, al fondo, y ya solo hay cielo.

Muy distinta es la distancia que separa a Yo, que está apoyado en la barandilla del balcón, del asfalto. Su cabeza dista veinte metros de la calle; domina todo lo que hay alrededor. No es mucho, estos días de pleno verano, pero es un buen punto de observación del paisaje alpino.

Yo no tiene aún veinticuatro años, es su primer empleo; para la ocasión, se ha cortado la cola de caballo que lo caracterizaba cuando iba y venía por los pasillos de la universidad. Lleva un pelo normal, corto, y las patillas rectas. Aún escribe poesía, pero por su aspecto es menos obvio.

La Casa de la Radio es un apartamento como los otros del edificio, aunque no tenga camas, dormitorios ni cocina. Pero la distribución es la misma: cuatro piezas a ambos lados de un pasillo. Dos de estas piezas están equipadas para la emisión radiofónica: en ellas hay una mesa redonda con tres micrófonos y, colgados del brazo, unos cascos; un cenicero en la mesa, pósters de conciertos en las paredes. Al fondo hay una mesa con un mezclador y un micrófono que cuelga.

Las paredes están recubiertas de una gomaespuma gris que amortigua el sonido y absorbe el humo del tabaco, que luego suelta poco a poco todos los días.

En el primer estudio están trasmitiendo. Un hombre y una mujer hacen como que pelean, charlan. Temas: animales domésticos, trajes, citas veraniegas, energía nuclear, guarderías. Él anuncia el tema musical que suena de fondo y va aumentando de volumen; ella se queja de que no se puede hablar.

Es una grabación, en el estudio no hay nadie. Sillas vacías, ventana abierta, solo la voz del hombre y de la mujer y la publicidad llenan el recinto. Yo se sienta allí a fumar y vuelve al otro estudio.

El otro estudio es como el primero pero más pequeño;

unos minutos antes de que suenen las horas, Yo se pone los cascos y lee las noticias. El noticiario dura tres minutos y da para unas cinco noticias, que Yo escoge de entre las que imprime el fax. El fax es un cilindro del que se desenrolla una hoja de papel larguísima. Abajo hay un cajón en el que va cayendo el papel. Los fines de semana el cajón se desborda y el papel cae al suelo, repta hacia el pasillo y los sucesos que hay escritos en él se arrastran por los ladrillos. La realidad es una serpiente de papel que se mueve.

En verano no ocurre nada. En Turín es una tradición, que va al compás de la nada organizada que es la fábrica de la Fiat. Aunque está abandonada, esa zona, el Lingotto, sigue marcando el ritmo de la ciudad.

Cada hora, pues, y durante tres minutos, Yo lee la nada dividida en noticias. Esa nada se oye en la radio de los coches, en las tiendas, en las pocas oficinas que hay abiertas, en las obras, en las cárceles, en las cocinas sobrecalentadas. Las aspas de los ventiladores agitan la nada y esta refresca a la gente que se asfixia en sus casas.

Cada hora, Yo va a ver si el cilindro del fax ha alumbrado algo con lo que componer un noticiario. Desde el pasillo oye las agujas de la impresora que graban el papel línea tras línea.

Cuando llega, la serpiente de papel ya repta por el suelo. Si no fuera todos los días, si faltara una semana, la serpiente llegaría al balcón, lo saltaría, se descolgaría por las paredes del edificio y llenaría de nada la ciudad.

Pero Yo va todos los días.

Cada hora le arranca cinco fragmentos.

Cuando al acabar la jornada abandona la Casa de la Radio, sabe que durante la noche la realidad se derramará por el parqué. Pero no se preocupa, porque ha dejado de importar. Todas las tardes cierra la puerta, coge el ascensor y la luz del cerebro se le apaga.

Además, agosto es un mes al que Yo no pide mucho. A la sazón tiene una novia con la que se divierte y hace el amor y con eso le basta para pasar el verano.

Algunas noches duermen en el balcón de casa de ella, mecidos por el tráfico esporádico y tranquilizador de las afueras.

El último cuarto de la Casa de la Radio es el baño. En la bañera hay cinco dedos de agua y, como a remojo en el agua, una tortuga: es la tortuga del jefe de Yo, el director de la radio.

Antes de marcharse, el jefe le dio las debidas instrucciones. Los botes de comida están debajo de la mesa de la redacción; con una cucharada todas las mañanas es suficiente; un par los fines de semana; que no se le olvide.

La tortuga es bastante grande y aún crecerá más. El director de la radio se la puso en los brazos a Yo para ver cómo se las arreglaba. Él se las arregló bien, claro; sonrió y la tortuga no metió la cabeza en el caparazón.

El jefe la introdujo luego en el agua y llenó la bañera de barquitos.

Ahora está de vacaciones y llama regularmente para ver cómo está.

Cuando va al baño, Yo habla con el quelonio. Se sienta en la taza, se acoda en las rodillas y se asoma a la bañera.

La tortuga menea las patas y nada hacia él salpicando agua sucia. Trata de subir por la pared de la bañera con ahínco, pero tras varios intentos fallidos resbala y vuelve al fondo.

Yo cambia el agua dos veces por semana, porque de

un día para otro se pone marrón y la tortuga acaba nadando en sus propias heces; también por eso es irrespirable el aire del baño.

Yo quita el tapón del sumidero y espera a que el agua se vaya.

Con una paleta recoge la caca y la mete en una bolsa al efecto.

Entonces se pone de rodillas, coge la alcachofa de la ducha y dirige el chorro a la tortuga; esta saca la cabeza y abre la boca. El agua salpica en el caparazón que es un gusto.

Todos los días, Yo saca la tortuga de la bañera y la suelta para que se pasee por la Casa de la Radio; el animal es perezoso, da unos pasos y se para.

A veces entra en el estudio mientras Yo lee las noticias; llega al pie de la silla. Hace calor y Yo siempre está descalzo: la tortuga le busca el dedo gordo.

Tortuga y dedo gordo se miran. Si la tortuga toca el dedo, este se mueve.

Cuando la tortuga entra caminando a buen paso en el estudio, Yo, mientras habla, nota unos golpes en los cascos. Son los golpes que da el animal con el caparazón en el suelo y que, amplificados, se difunden por la ciudad a través de la radio.

14. CASA DEL SÓTANO, 1975

Los ruidos del mundo suenan remotos, por decirlo de una manera simple. Yo se halla en la placenta, es una carga más bien menor comparada con el volumen total de la barriga que Madre muestra cuando camina por casa y por las calles de Roma. Según los manuales, ya tiene orejas. Es más, lo tiene casi todo, está preparado y equipado para vivir, pero aún es demasiado pronto: la vida lo mataría antes de que se forjara la ilusión que todos se forjan, la de que la vida le ha hecho un favor, le ha concedido la eternidad.

Yo, pues, desde su primera casa verdadera, que está en otra casa que hay en lo alto de una colina de la ciudad, oye. Oye cosas que son pura hipótesis, pero que, con cierta verosimilitud, sabe que son el tráfico vial, las ambulancias, la voz ronca de Abuela, el chorro de agua del fregadero y de la ducha, los ruidos domésticos. Sabe que es la voz de Padre o, mejor, su vibración; como todo el mundo, seguro que Padre se inclina sobre la puerta cerrada que es el ombligo de su mujer y deja que las cuerdas vocales articulen un saludo. Sabe que es Hermana, cuando Madre la coge en brazos y él nota presión en el techo placentario. Sabe que es el percutir primitivo de Tortuga que va y viene por la casa, el redoble de tambor con el que el quelonio le prepara la venida al mundo. Quizá oye también el trueno del cañón que todas las semanas dispara salvas sobre Roma. Todo lo demás es Madre, su primer hábitat, su órgano sensorial, su refugio primigenio. El resto, lo que cruza su primer mar y Yo intercepta, habría que buscarlo en su corteza cerebral, lo que quizá revelaría cosas muy distintas de las que hemos supuesto. Poco importa. Lo cierto es que todo cuanto Yo percibe, en esta fase, es un mundo del revés, un mundo percibido cabeza abajo.

Pero la cuestión no es esa. La cuestión es el grito de Madre, que empieza en el silencio de la Casa del Sótano y se convierte en un grito de terror, desgarrador, el hablar atropellado de Padre y la voz de Abuela, que se hace cargo de todo y toma una decisión: llamar al hospital.

No es que Madre haya roto aguas, no es que evolutivamente no esté preparada. Es que vomita en el salón, sobre todo sangre y saliva, y tiene sangre entre las piernas, se hurga, se lleva las manos a la cara y lanza un grito que estremece esa parte del barrio. No se sabe lo que ocurre en su seno, pero se teme por Yo, que se desliza cabeza abajo por el último tramo. Si él lo percibe como un ruido, una especie de trueno, o no lo percibe, es imposible de decir.

Lo demás sucede muy deprisa: tienden a Madre en la cama, Abuela actúa, le desabrocha la camisa, le grita a su hijo que se calle y se ocupe de Hermana, dice: «Todo va bien, no hay nada que temer»; y mientras tanto le limpia la sangre de los muslos con un trapo, le pasa la mano a Madre por el pelo, le dice a lo que hay en la barriga «Pequeñín». Por fin llega la camilla, la sirena resuena por el barrio, ingresan en el hospital y, tras el drama, se produce el feliz desenlace, el corazón late normalmente, el niño vive, Roma es preciosa en otoño, el cielo es de un intenso azul cobalto, como siempre a principios de invierno. Por último, vuelven a casa. Tortuga está esperándolos, Abuela acuesta a Madre y la cuida, Madre duerme en fases alternas, sonríe como sin fuerzas. Abuela se encarga de todo, hace la compra, le prepara la comida al hijo, le da lechuga a la tortuga, le hace la papilla a Hermana. En el suelo del comedor aún se ve sangre coagulada de la que echó Madre por la boca, Abuela la limpia con una esponja, fumando, sin pensar en mucho más.

En la mesa sigue la posible mecha de la bomba, la causa inesperada de la explosión o una simple coincidencia que, en la reconstrucción, se toma como prueba: un periódico abierto con fotos del Poeta asesinado, la cara destrozada, la suela de los zapatos mirando al objetivo, el cuerpo en camiseta de tirantes tendido en un descampado. Abuela cierra el periódico y lo deja en el sofá con gesto experto de ama de casa.

15. CASA DEL ARMARIO, 2004

Está en la sexta planta de un edificio de finales del siglo XIX, en el centro de Turín, y en ella viven Esposa e Hija, aunque Esposa todavía no lo es, todavía es solo madre. De Yo nada se sabe, no es una hipótesis, quizá es una esperanza.

Para llegar al apartamento hay seis tramos de escalera, por los que nadie sube nunca; la otra opción es coger el ascensor, que es estrecho y alto y tiene una capacidad máxima para tres personas, como dice la placa.

Desde la terraza se ven los Alpes.

Las montañas, vistas desde allí arriba, parecen los dientes inferiores de una gran dentadura. Son unos dientes torcidos, irregulares; en general, están mal cuidados, solo se ven blancos a trechos. Poca higiene, se diría, y que no se les puso un aparato corrector en la infancia, el Oligoceno.

Los dientes superiores no se ven, quedan muy altos, es una boca abierta.

La casa en la que viven Esposa e Hija está, pues, en medio de una boca abierta. Todas las noches, los dientes superiores descienden lentamente y se unen con los inferiores; lo hacen lentamente y van dejando poco a poco sin luz las ventanas de la casa. Al final la boca se cierra como si fuera un maletero y la casa queda a oscuras.

Todas las mañanas, la boca se abre y la luz vuelve a entrar en la casa.

La casa consta de dos habitaciones y dos cuartitos sin ventana. El primer cuartito es la cocina, en la que solo cabe quien cocina. El otro cuartito es el baño: váter, lavabo, ducha y lavadora son piezas de una composición que no permite cuerpos en movimiento.

La primera de las dos habitaciones desempeña múltiples funciones: comedor, cuarto de juegos y de estudio de Hija, despacho de Esposa. La segunda es un dormitorio que Esposa ha dividido en dos colocando en medio un armario.

A un lado del armario está la cama de Esposa; es de matrimonio pero solo duerme una persona. Al otro lado del armario está la cama de Hija.

El armario es poca cosa, no es un tabique. Es más bien teatro, como poner en escena una división. Tiene puertas por ambos lados para que Esposa e Hija lleven una existencia especular, cada una en su espacio. A veces abren una puerta por ambos lados al mismo tiempo, sin decirse nada; por ese gesto simultáneo, y con lo que ellas se parecen, da la impresión de que no sean dos personas sino una sola en distintas épocas de su vida.

Esposa nunca quiere que Hija duerma con ella. Hija protesta y reivindica la mitad no ocupada de la cama.

Esposa dice que no; que aunque en esa mitad no duerma nadie, no significa que no se utilice. La regla es que cada una duerma en su cama.

Desde hace años, pues, cada una ocupa su mitad de habitación, a uno y otro lado del armario. Retiran mantas y sábanas y meten piernas y pies desnudos, se colocan en posición. Las dos apoyan la cabeza en la almohada: Esposa la nuca —con la almohada levantada y un libro en la mano—; Hija la mejilla derecha, vuelta hacia el armario que la separa de su madre. Tras un silencio concentrado inicial, Hija lanza la primera palabra al otro lado del armario y espera a que le sea devuelta, modificada por el aliento de su madre. Si tarda mucho, le manda otra, y así hasta que la ve aparecer por encima del armario y descender a la cama como si tuviera alas. Hija la golpea al vuelo, la envía de nuevo, se imagina cómo su madre la coge.

A veces Esposa se distrae o se duerme, se sume en el primer sueño, y la cama se llena de las palabras de Hija que van cayendo.

Cuando son muchas, normalmente se despierta y se las lanza de vuelta.

El partido nunca dura menos de media hora. Las palabras que Hija lanza por la noche son las más grandes del día, han crecido hora tras hora desde que se levantó por la mañana. A veces pesan mucho y Esposa nota el esfuerzo que hace Hija al lanzarlas. Por eso, cuando las ve llegar, las coge y trata de vaciarlas de todo su contenido.

Ejecuta esta operación en camisón, con la punta de los dedos; practica un agujero en las palabras de su hija y las sacude para aligerarlas. Entonces las lanza de vuelta, pasan por encima del armario como si fueran burbujas de jabón.

Antes de dormir, Esposa va a la mitad del campo de Hija para apagarle la luz y colocar el cuerpo de su niña en el colchón.

Allega 1 (Nuovo Catasto Edilizio Urbano)

NUOVO CATASTO EDILIZIO URBANO

(R. DECRETO LEGGE 13 APRILE 1939, N. 652)

Planimetria dell'immobile situato nel Comune di

Ditta

Allegata alla dichiarazione presentata all'Ufficio Tecnico Erariale di

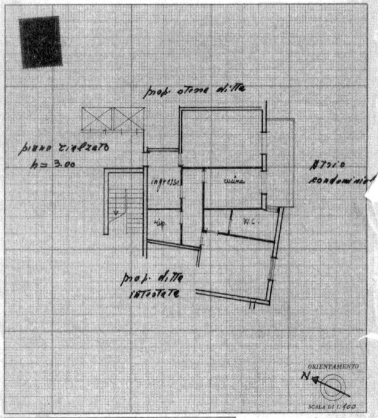

prop. otime di tta

piano rialzato
h = 3.00

ingresso   cuina

atrio
condominio

rip.   w.c.

prop. ditta
intestata

ORIENTAMENTO

N

SCALA DI 1:100

SPAZIO RISERVATO PER LE ANNOTAZIONI D'UFFICIO

DATA
PROT. N°

Compilata dal Geometra
(Titolo, nome e cognome del tecnico)

Iscritto all'Albo dei Geometri (n° 1646)

della Provincia di

DATA

Firma:

16. CASA DEL SÓTANO, 2013

Tortuga se mueve por un espacio muy reducido del patio, apenas se aleja de su rincón. Cuando lo hace, son salidas solitarias que duran lo que tarda en describir un pensativo y fugaz semicírculo. Encuentra la lechuga en el suelo nada más salir de detrás de la maceta, su escondite. Espera a no ver a nadie alrededor, sujeta la hoja de lechuga con la pata y se acerca. Después empieza a roerla con el pico. En un par de horas se la come, se esconde y todo vuelve a quedar desierto.

Tortuga no entra en la casa, ni tampoco la invita nadie. Lo único que le da la pareja que vive en ella es lechuga. No se sabe si son ellos los que no quieren relacionarse con Tortuga o si es Tortuga la que los rechaza a ellos. El caso es que no se tratan. A diferencia de Abuela, Ocupantes solo salen al patio a tender la ropa. Una vez por semana cuelgan una ristra de bragas, calzoncillos, calcetines y pantalones que al día siguiente ya no está.

Y es que Ocupantes se pasan casi todo el tiempo encerrados en casa. Ya nadie canta, ya nadie grita, ya no hay música que resuene en el patio y se pierda en el recuadro azul del cielo.

Durante cinco semanas, hubo gran estrépito de martillos neumáticos, taladros y radiales. El patio se llenó de escombros que Tortuga vio crecer formando montones caóticos. En lo alto de esos montones dominó algún tiempo un lavabo. Un día desapareció todo. Durante aquellas semanas de obras, Tortuga cambió de rincón para no verse arrollada por todo aquello. Por la noche salía y se paseaba entre las ruinas, única superviviente de la caída de un imperio.

Un joven con mono de trabajo le daba de comer todas las mañanas. La cogía, se la acercaba a la cara y hablaba con ella. Llevaba una gorra con visera y una barba indómita e imperfecta. Le acercaba el dedo para que ella se fiase de él y ella se fiaba. No solo se fiaba por la lechuga que el joven le daba, sino por la manera de reír que tenía. Y porque escuchaban la radio mientras su mundo se desmoronaba.

Un día limpiaron el patio con la manguera y el joven se fue con una última sonrisa cansada.

Y llegaron Ocupantes, con su cuerda de tender la ropa.

Cada vez que oye la ventana de la cocina, Tortuga se mete en su caparazón. Desde ahí dentro ve los pies de Ocupantes dando los pocos pasos que necesitan dar. Además de tender la ropa, sacan la bolsa de la basura.

Pero de pronto hay unos pies nuevos que siguen a los de Ocupantes por el patio. Estos piden su opinión a los otros, les preguntan qué piensan de la reforma de la casa. Los pies nuevos responden confundidos, con titubeo, como cohibidos.

La voz de aquellos pies es la de Yo, se cuela en el caparazón y Tortuga se sobresalta. Yo pide perdón por haber llamado al timbre, ha sido un impulso, pasaba por Roma, ahora vive en Turín; no tiene por costumbre molestar a las personas, ni reclamarles nada.

Ocupantes suenan turbados, no hablan de Abuela, sino de los agentes inmobiliarios con los que han tratado. El corazón de Tortuga late aceleradamente y la caja de resonancia que es la concha amplifica los latidos. Por eso saca la cabeza. Ve seis pies que entran en la cocina y que los de Yo se vuelven un momento. Y de pronto se pone a llover. La coraza es el tambor en el que el cielo hace ejercicios de composición. Tortuga escucha y no se mueve.

A lo lejos suena un cañonazo.

17. CASA DEL COLCHÓN, 1997

Es una casa de estudiantes universitarios. Si no se viera en el hecho de que los nombres del interfono están escritos con bolígrafo, se comprendería claramente por las zapatillas que hay en el felpudo: por su número, por su disposición casual, porque se ve que ataron una vez los cordones y nunca más los desataron. Que son zapatillas de hombre lo dicen sin duda el modelo y la talla, pero sobre todo la impresión de suciedad que dan. No es que huelan mal, pero parecen salidas del vestuario de un campo de fútbol. Hay tres pares, pero las parejas no se ven a primera vista: forman un montón, un cuerpo extraño, una masa de suelas y empeines. Incluso el par de zapatillas que no son de deporte —al contrario, muestran cierta ambición social—, en el montón lo parecen.

Las zapatillas de Yo están fuera del felpudo, tienen los cordones desatados y están puestas una al lado de la otra. Son de gamuza y de una mala calidad manifiesta. Por su posición se ve que Yo está solo de visita, su misma presencia señala acusadoramente al montón. Cuando Yo se vaya, el grupo de zapatillas volverá a ser compacto, ya no habrá ninguna que desentone.

La casa tiene un vestíbulo que se recorre en un paso y enseguida se entra en la cocina. En esta hay una mesa de formica azul claro, cuatro sillas desparejas y, contra la pared, módulos de contrachapado y cacerolas apiladas en los fuegos. En el fregadero hay un montón de cubiertos inmersos en agua sucia con un poco de espuma. Al fondo una ventana que da al patio interior; se ven bicicletas.

Contiguo a la cocina, a la derecha, nada más entrar en la casa, está el baño: se extiende a lo largo y es paralelo a la cocina. El suelo es de baldosas marrones y las paredes de azulejos verdes. La taza del váter está al fondo, como si fuera un espejismo. Detrás de la puerta, que es alta, de madera, cuelgan tres albornoces. Junto al lavabo hay un montón de toallas sucias.

Al entrar a la izquierda hay un salón con suelo de madera en bastante mal estado, hecho de listones en espiga. En una pared hay un aparador de principios del siglo XX: por los cristales se ve una caja de Cluedo, naipes, un par de diccionarios, un paquete de folios de impresora. Junto al aparador hay una mesa de ordenador con ruedas, con armazón de acero y tableros de madera; la pantalla está en el tablero de arriba; la CPU, abajo, y el teclado en un tablero extraíble, que se saca y se mete.

Casi no hay nada más en el salón: tres sillones, cuya disposición varía, una mesita arrimada a una pared y dos sillas plegables con una pila de libros en el asiento y unas camisetas en el respaldo.

En el salón hay dos ventanas que dan a una calle con poco tráfico.

A la última pieza del piso se entra abriendo dos hojas como las de los salones del Oeste, directamente desde la sala de estar. En un espacio de unos pocos metros cuadrados hay, puestas una al lado de otra, tres camas individuales, con mesitas de noche entremedias y tres lamparitas iguales. En la habitación no caben más que las camas. La ventana da a la misma calle silenciosa.

La Casa del Colchón está en el entresuelo de un edificio modernista. Los muebles son de segunda mano, dan una sensación de decadencia y falta de cuidado, pero no son de mal gusto. En el techo del vestíbulo hay una gran mancha de humedad.

A poca distancia de la casa está Porta Susa, la segunda estación —por tráfico ferroviario— de Turín. Por la mañana temprano se oyen chisporrotear los cables: anuncian la llegada de un tren. A veces silban para pedir paso.

Por la noche, los trenes de mercancías hacen que los vecinos se revuelvan en la cama, se cuelan en el sueño. Todo el barrio traga saliva, tose en la oscuridad y se duerme de nuevo.

En esa casa, Yo tiene un colchón, que sacan de detrás del aparador cuando se necesita. Es un colchón viejo y amarillento pero de buena calidad: es de rayas verticales, está relleno de lana virgen y en su día seguramente fue blando.

Al menos una vez por semana, normalmente dos, cuando acaba las clases de la universidad, Yo duerme en casa de sus amigos. En lugar de cruzar el centro a pie, llegar a la estación central, coger el tren regional y viajar dos horas hasta su casa en provincias, Yo coge el tranvía y va a casa de sus amigos.

De camino, en un pequeño supermercado que hay en el barrio, compra bolsas de congelados en las que se ven fotos de patatas fritas, gambas o paella. Compra también vino, del barato pero en botella. Con su mochila y la bolsa de la compra, llega a la Casa del Colchón y toca el timbre de los tres nombres escritos con bolígrafo.

Todo consiste en eso: sentarse a una mesa de formica, dar prueba de independencia, escenificar el fin de la adolescencia. Después de cenar, friegan los platos por turnos, aunque dejando siempre algo para el día siguiente, y luego se sientan a terminarse el vaso de vino, apoyan la nuca en la pared y cierran los ojos. Lo hacen todos menos uno, que se levanta a medio cenar y vuelve a sentarse delante de su ordenador. Hablan poco y sin coordinarse: o se quedan callados o hablan todos a la vez. Nadie habla de revolución, lo importante es no volver a casa de los padres.

Yo duerme en el colchón, en el suelo del salón. El aparador le sirve de cabecera de cama y el suelo de mesita. Cuando le entra sueño, deja el libro y las gafas en el parqué y hunde la cabeza en la almohada. Usa siempre las mismas mantas, la misma funda de almohada y la misma sábana; no pasan por la lavadora.

Allí está siempre Chico Digital, sentado ante la mesa con ruedas del ordenador. En el colchón se proyecta, proveniente de arriba, el resplandor del videojuego. Relámpagos de color atraviesan el bulto que hace Yo bajo las mantas: le caen encima todas las victorias y todas las derrotas de la pantalla. Normalmente se trata de un escenario de bombas, explosiones y tanques.

Todo en silencio, eso sí. Por la noche, Chico Digital se pone unos grandes cascos. Yo solo oye el chirriar de la silla, que responde a las sacudidas que da el cuerpo que tiene sentado encima, a la tensión con la que el jugador se lanza al ataque. A veces se reclina, se enarca contra el respaldo, que rechina, gime y parece a punto de partirse.

A ratos inunda el salón la luz de los faros de un coche que pasa. El coche se aleja y vuelve a verse el resplandor de la guerra digital.

Yo pasa despierto mucho tiempo mirando el suelo, a veces hasta las cuatro de la madrugada. Nadie barre nunca. Yo sopla suavemente y aparta las pelusas, que son como planetas que orbitaran lentamente a su alrededor. Son planetas livianos, se mueven formando constelaciones improvisadas. Tendido en su colchón, Yo vuela por este espacio, es toda una galaxia, un firmamento de ácaros, basura sideral.

Al final le entra siempre el sueño, que de cuando en cuando interrumpen los resoplidos del jugador, las maldiciones que suelta en voz baja, la alegría que manifiesta una contracción, la liberación del orgasmo de la silla.

Lo último que oye Yo es que Chico Digital se levanta, casi siempre ya al amanecer. Coloca la silla en su sitio, pasa por encima de Yo y del colchón: vistos desde arriba, parece que hayan caído del cielo. Va al baño, se oye el interruptor de la luz, la cisterna, el grifo y el frotar del cepillo de dientes. Por último abre la puerta de la habitación y se acuesta en la tercera cama.

En el salón, los planetas dan vueltas en torno a la única persona que queda.

18. CASA DE PRISIONERO, 1982

Está en el primer piso de un edificio de finales de los años sesenta del siglo XX. Roma llega hasta allí y se acaba. Más allá hay kilómetros de campos más o menos cultivados; hierba abandonada a su suerte pero también extensiones de trigo.

Los campos se expanden hasta donde alcanza la vista: son como un mar y Roma, allí en medio, es como una isla, algo excepcional.

Casa de Prisionero es la puerta número 1, aunque hace cuatro años que Prisionero yace tras una lápida de mármol, a cincuenta kilómetros de Roma: al pie del cementerio en el que está enterrado, el Tíber, lentamente, discurre hacia Roma.

A la casa, decimos, se entra directamente desde el vestíbulo, subiendo unos escalones. Si se llega en ascensor, es la puerta que se encuentra delante: se entrevé por el cristal opaco en cuanto se abren las puertas automáticas. Hay una estera sin rótulos ni dibujos, más o menos como todas las demás.

En el timbre pone un apellido, que figura dos veces en el interfono, en el primer piso y en el último.

En el vestíbulo hay un mueble macizo, de media altura, metido en un nicho. Sobre el mueble hay dos estatuillas de terracota, un hombre y una mujer vestidos de épocas distintas, y dos tapetes que protegen la madera de cerezo. En la pared hay una lámina de flores enmarcada.

La distribución de la casa importa poco y es como la de los pisos superiores, aunque estos son cada vez más luminosos.

Lo que importa es la habitación en la que hay una cama de matrimonio que la ocupa casi por entero. El cabezal y los pies de la cama se elevan al menos treinta centímetros del colchón.

Todas las noches se acuesta en ella una mujer que es la abuela de los dos niños que viven en el último piso.

Los niños bajan a casa de la abuela todas las tardes; si van solos, bajan por la escalera; si van también los padres, en el ascensor. Esperan a que se abran las puertas automáticas y tocan el timbre.

Corretean por la casa, se esconden detrás de las puertas. Buscan el escondite perfecto, en el que no puedan encontrarlos. Pero esperan que los encuentren; si no, el juego no es tan divertido. La abuela hace como que los busca y los llama por su nombre. Al final los encuentra, casi siempre están metidos debajo de la cama con los ojos cerrados.

Algunas noches le piden a la abuela que les deje dormir con ella; normalmente les deja, pero a veces los manda de vuelta al quinto piso.

En la Casa de Prisionero, los niños tienen un par de pijamas, un poco de ropa –calzoncillos, calcetines, camisetas de tirantes– y un cepillo de dientes siempre en el baño.

Si se quedan a dormir, primero se bañan y luego, aún rojos y acalorados, corretean descalzos por la cama. Se acuestan uno a cada lado de la abuela y esta parece un ángel con alas.

Después se duermen, agitan las alas dentro del sueño, descoordinadamente; el ángel vuela torcido por el cielo oscuro de la historia.

En el parqué, delante de la cama, donde antes había un tabique de yeso que delimitaba la Casa de Prisionero propiamente dicha, ahora se ve una raya oscura. Queda a menos de dos metros de la pared del fondo y cierra un rectángulo de unos cuatro metros cuadrados. En el escenario de un teatro, sería una habitación. Veríamos dentro a Prisionero, aunque hace cuatro años que Prisionero ya no existe.

La abuela no sabe –ni lo saben sus nietos– que existió.

Mientras el ángel vuela torcido por el cielo oscuro de la historia, Prisionero, sentado en la cama, escribe en una hoja con un bolígrafo.

En la oscuridad se oye el batir de alas, entre el resoplar de los autobuses nocturnos.

19. CASA DE PARIENTES, 1982

Es la misma mesa que había cuando Padre llevó por primera vez a Abuela a ver a Parientes. Por entonces Yo aún no existía y Hermana era solo tres náuseas en el estómago de Madre. A la tercera náusea, Madre abrió los ojos desorbitadamente, vomitó y quedó claro que estaba embarazada. Tras unos días de silencio pactado, fueron a visitar a Parientes con Abuela.

Mientras duró la visita, Parientes miraron a Abuela preguntándose quién era Padre. Con su vestido elegante, de flores y de un amarillo chillón, Abuela era una incógnita social: hablaba sin modestia, llevaba un pintalabios no se sabe si de mujer orgullosa o de mujer perdida y pintadas las uñas de manos y pies, medio enseñaba el muslo por la raja de la falda y fumaba un cigarrillo tras otro.

Encima, tenía siempre el vaso cerca, se lo llenaba ella misma y a cada trago hablaba con una especie de desesperación cada vez más exaltada. Eso sí, mostraba también una gran seguridad, de quien tiene principios, unos buenos modales heredados. Su sudor alcohólico se mezclaba con un olor fuerte, a flor mustia.

Era, en realidad, lo contrario de Parientes. Estos eran

de extracción social más baja pero aspiraban a una existencia ordenada, a un tedio que fuera garantía de una vida lograda, en la que no tuvieran que improvisar nada ni temieran verse golpeados por el destino. Que los maridos echaran un poco de tripa, que hubiera un televisor encendido en la cocina. Querían un yerno como Dios manda, que fuera un buen partido.

Así miraron Parientes primero a Abuela y luego a Padre: este era el heredero de un naufragio social, un hombre viciado por genética, risueño por carácter y consciente del declive, hijo de una diva decaída. Y pronto sería yerno, familia adquirida por culpa de una hija atolondrada que estaba sentada junto a él en la cocina y, desgraciadamente, se había quedado preñada.

Con la llegada de Hermana y luego de Yo, empezaron los intentos de anexión. Parientes invitaban a Yo y a Hermana a casa, les ponían la tele de la cocina, oficiaban el rito de la familia en torno a aquella misma mesa. Padre siempre se resistía. Detesta ser el único fracasado, quiere que todo el núcleo familiar se hunda con él.

En esta ocasión, el intento de anexión consiste en una Polaroid. Yo está en el balcón de Casa de Parientes. Exhibición de sábanas en los balcones y ruidos propios del verano: niños, platos, televisores no sintonizados y silencio ventilado de la siesta.

Yo está en el balcón y lleva las zapatillas de fútbol y el uniforme amarillo y rojo de la Roma. Posa para la foto de Parientes, sonríe con miedo porque sabe que para Padre es un acto de alta traición. Parientes que pulsan el botón de la cámara forman el pelotón de ejecución: el obturador que se abre y se cierra es la boca del fusil. Cargan y disparan. Por lo menos, tendría que darse media vuelta y que lo fotografiaran así, de espaldas, escapando. Pero no: sonríe cohibido.

Padre lo mira sentado a la mesa, es el único que nunca se levanta.

De pronto están en el coche, cuando sus platos siguen aún en la mesa de Parientes. Padre se ha llevado a Yo del brazo y se ha puesto a gritarles a Parientes. «Estoy hasta los cojones», recuerda que ha dicho.

Padre conduce sin hablar, lo único que saben es que van a la Casa de la Montaña. Y que las horas que dure el viaje no podrán salir del coche.

Yo está condenado a recorrerse Italia vestido con el uniforme del equipo de fútbol de la Roma y las zapatillas de tacos. Que lo vea todo el mundo por la ventanilla, dice Padre, y se muera de vergüenza, se lo merece por vestir como un subnormal.

20. CASA SEÑORIAL DE FAMILIA, 2011

La nueva Casa de Familia en su variante señorial no está lejos de la primera Casa de Familia, pero esa distancia marca la diferencia: aunque está a solo dos calles, se sitúa bastante más arriba en la escala social; supone pasar de clase media acomodada a burguesía rica y con solera. Yo, Mujer e Hija siguen siendo las mismas personas, pero ahora tienen un único apellido, que figura en latón en el timbre. Ese apellido es el de Yo, que ha sido ascendido a patriarca o, mejor dicho, a representante de una tradición que no puede aplicarse a una familia que se ha hecho con pedazos de soledad y desechos. Y aunque Yo no cree en esa tradición ni tampoco realmente Esposa, no deja de dar tono, les gusta a los dos e inspira esa pizca de nostalgia y crea esas ficciones funcionales que convienen a un proyecto que empieza.

El tamaño de la casa responde a esa ambición: tiene ciento cincuenta metros cuadrados, dos baños, suelos de mármol y, donde no hay mármol, parqué como Dios manda. Para Esposa, es como volver a la clase de la que proviene; para Yo, es cumplir un sueño pequeñoburgués. Hay habitaciones de sobra; cinco o seis, y hasta en el pasillo, revestido de estanterías, se puede estar. Hija tiene un reino personal, lo llaman cuartito para que se sienta aún niña, pero es una pieza enorme y casi independiente. Lo mejor es el salón, que hace esquina: tiene cinco ventanas, un espacio de recibimiento, da tono a todo cuanto contiene: hasta el vulgar y deteriorado sofá de Yo se rodea en ese contexto de un aura lujosa. Por las ventanas se ve un paisaje de colinas.

Fuera, todo es señorial como lo es dentro. Es un barrio uniforme, es decir, habitado por un número reducido de familias que van heredando los inmuebles. En el plano urbanístico, predomina el estilo modernista, con balcones de balaustrada y motivos florales.

Aparte de viviendas, hay pequeños comercios. La fruta se ofrece a los vecinos bien dispuesta y sin polvo: la buena educación se extiende al reino vegetal. Los precios rara vez se muestran, es cuestión de buena crianza. Son elevados y eso tranquiliza: el precio selecciona al cliente.

El barrio no es muy filántropo, pero eso no excluye cierto sentimentalismo, que reconforta el ánimo y refuerza el espíritu de clase. Está mezclado con la argamasa de un catolicismo convertido en clase dominante, hecho de sentimiento y un poco de ecologismo. Por eso, cuando sale del supermercado, las monedas del cambio suelen caer, junto con la cuenta, en la mano del tercer mundo, que está sentado en el suelo con la espalda contra la pared. El gesto suele ir acompañado de las palabras «Buen hombre» o «Buena mujer», lo que añade a la limosna un poco de paternalismo. Y es que la generosidad es personalizada. No basta el color de la piel, ni la pobreza es condición suficiente. Tiene que haber una relación consolidada. Es fundamental la continuidad, reconocer la mano, ver que pide y no exige, que tiene educación.

Franqueada la puerta del edificio en el que ahora viven Yo, Esposa e Hija, nos recibe un suelo de mosaico en el que dice: «1878». Es la exhibición de una raíz más que una resistencia, de una descendencia que se extiende al ladrillo. La portera limpia ese suelo dos o tres veces al día. Contagiada del señorío con el que se codea, la portera se ensaña con los criados y trata de usted a los propietarios, sin mucha discriminación generacional. Trata también de usted a los obreros, pero es un usted muy diferente. Es un usted despectivo, de una amabilidad detergente.

La lucha de clases –que se hace patente en la actitud de la portera– no puede dejar de librarse: entre las clases de que dispone en el edificio, ha decidido luchar contra la suya y lo hace en cuanto la ve entrar en el vestíbulo.

Bastaría la mirada de esta mujer para ver que lo de Yo es puro teatro, que él es un señor de cartón piedra. Y es que Yo es el único vecino del inmueble que está de alquiler, tiene un contrato y ha pagado tres meses de fianza, por si se produjera algún daño. Para los habitantes del edificio, es la demostración de una crisis –un intruso que no pertenece a las tres familias que viven allí–, pero saben que una casa vacía comida por la polilla y los gastos es peor que un alquiler, aunque sea de cinco años. Cuando pasen la crisis y esos cinco años, podrán echarlo y volver al viejo fasto. Mientras, Yo mantiene la casa, la limpia de ácaros e insectos y contiene la hemorragia de los gastos.

Para colmo, la portera se lo recuerda ahora, cuando se cumple el primer mes de alquiler. Lo llama por su nombre y le dice «señor», cuando Yo, Esposa e Hija ya casi han salido. «Le recuerdo, y usted perdone, que tiene que pagar el alquiler, me lo ha dicho el notario.» Y le da un papel, escrito de puño y letra del notario, con una cuenta de banco alfanumérica y el apellido del beneficiario. Y vuelve a desaparecer por la puerta de cristales que la separa de la escalera. Tiene la cortina suelta, porque no está en horario laboral. Sobre la puerta hay una virgen con niño de la que se ocupa también ella.

21. CASA DEL AHORRO, 2000

La Casa del Ahorro es una cuenta corriente. Su tamaño es, pues, potencial: puede ser pequeña o extenderse más allá de las fronteras nacionales, hasta el infinito. No figura en el catastro, ni se asienta en el terreno, ni tiene cimientos; es un contrato firmado que establece vínculos recíprocos, pero que beneficia, como siempre, al banco. Más que casa, podríamos decir que es un cuartel, pues en él se acantona el ejército de Yo, el poco dinero que ha ahorrado en sus veinticinco años de vida. Yo recluta fuerzas para que el ejército sea eficaz. La cosa no requiere muchos trámites: estampar la consabida firma al pie de un documento que se guarda con los papeles que nunca se necesitan. Con ese acto, Yo asume plenamente la responsabilidad de lo que introduce en la Casa del Ahorro, de los que acceden al misterio de los flujos financieros.

A la otra parte no se le exige instrucción. El dinero nace ya adiestrado: cuando entra, ya sabe cómo coger un fusil, cómo limpiarlo, cómo cargarlo, cómo quitar el seguro, cómo apuntar, cuánta resistencia opone el gatillo al dedo. Y, naturalmente, sabe también en qué se basa la disciplina, lo dura que es la vida militar, que su misión es cumplir las órdenes, obedecer y combatir.

En realidad, la Casa del Ahorro la construyó Padre, siendo Yo aún adolescente. Iban a pie de la Casa de la Montaña al banco, eran dos cuerpos que proyectaban sendas sombras oblicuas y paralelas, Yo siempre tenía que ir bien peinado y llevar los zapatos limpios, Padre hablaba poco en el camino. A Yo le sudaban las manos, se las metía en los bolsillos, llegaba al banco avergonzado, entraban. Sentía la humillación de que el director le viera las manos sudadas, de que la piel transpirase tanto ante aquel hombre que era el intermediario entre él y el dinero.

El banco facilitó la construcción de la Casa del Ahorro por la joven edad del beneficiario. Eso sí, se añadió una cláusula según la cual Padre se quedaba de guardia en el cuartel, haciendo de garante. Y por eso está Padre vigilando, ojo avizor, entradas y salidas, bajo responsabilidad penal. Al final, parabienes del director y apretón de manos —a Padre— por haberle dado al banco hasta el propio hijo. Como premio, el banco ofreció rebajar también la comisión de mantenimientos de la cuenta de Padre y dos —o tres, si querían— agendas como regalo de Navidad, agendas que podían usarse como cuadernos de estudio. «De ahora en adelante», le dijo el director a Yo al despedirse, en tono solemne, «usted representa al banco.» Ese «usted», esa muestra de deferencia verbal, fue el primero de los bienes que Yo obtuvo del capital.

La vuelta a pie a la Casa de la Montaña fue un silencio en sentido inverso, con Padre orgulloso y más locuaz, y Yo con las manos metidas en los bolsillos, pero ahora taciturno y endeudado.

De hecho, todo empezó con una invasión. Padre proporcionó las primeras fuerzas: llamó a las armas a una pequeña tropa de su dinero, ya que Yo aún no tenía nada. Aquel dinero se cuadró y pasó a la acción: era un contingente mínimo, pero no dejaba de ser una ocupación. En un instante tomaron las posiciones. Padre dijo: «Me ha costado toda una vida reunir lo suficiente.» Perder aunque solo sea un soldado sería alta traición. Cualquier caído, cualquier dinero que se malgaste, se pagará con sangre. Y dispuso que guarnecieran las murallas, limpiaran los fusiles, se aprestaran al combate, evitaran causar daños colaterales, malgastar recursos, provocar víctimas inocentes. Y que no hubiera ninguna baja. Así fue como Yo se vio iniciado en el arte de la guerra.

Desde entonces, la Casa del Ahorro ha ido ampliándose. Aún no se registran bajas y Yo puede sentirse satisfecho. Eso sí, Padre ha seguido vigilando, aunque formalmente no esté presente. Su cuerpo ha abandonado el puesto, pero ha dejado en él los ojos, que siguen observando.

Yo pasa a menudo revista a sus tropas. Las observa en conjunto pero también cuenta las unidades. Le gusta verlas desfilar, oír el tintineo rítmico que hace el dinero al pasar. Es un sentimiento que en parte lo complace y en parte lo avergüenza.

Pero lo que más miedo le da es ver partir a los destacamentos. Yo repasa calzado, mirada, postura y convicción de los soldados; y, desde lo alto, los ojos, cómo no, controlan al que controla. Yo los ve salir, ve que la puerta se abre y en ese momento empieza a sentir terror, a respirar agitadamente. Mira al resto de la tropa, ve el poco dinero que le queda. Se pasa los días pensando solo en esto. Se pregunta cuándo volverán. Por las noches sueña con masacres.

22. CASA DE LA MUERTE DE POETA, 2018

En vano buscaríamos el mar, porque no se ve desde dentro. Se oye, más o menos, pero solo un par de horas por la noche y siempre que sople un viento al menos de fuerza 2 en la escala de Beaufort, o sea, de unos 4 nudos.

Por el día solo se oyen las ruedas de los vehículos que pasan por la calle. No pasan muchos, la verdad, no está muy transitada la calle del Idroscalo. Pero el eco de los que pasan resuena mucho tiempo en el aire y la luz parece que hace ruido sobre las naves industriales.

Pero es sobre todo la incoherencia del conjunto, la herrumbre general, la basura que hay en la calle, los baches del asfalto, los desechos de coches que forman como un paisaje de chapa, lo que anula el mar, lo que lo niega incluso como hipótesis, lo que impide cualquier pensamiento ilimitado.

Anula hasta la idea del agua, pese a los charcos que la lluvia forma en los baches, en los que el cielo se niega a reflejarse.

De noche, cuando todo se sume en la oscuridad, cuando el óxido se come verjas y carrocerías, en medio del desinterés general, cuando se oye el rumor del mar más allá de los setos, en la Casa de la Muerte de Poeta solo se percibe algo que se arrastra por la hierba.

Avanza a trechos, normalmente de menos de un metro, y se para; roe despacio, con un ruido inequívoco, de mandíbulas que trabajan en la hierba. Luego avanza otro poco y vuelve a pararse. Es una tortuga, parece vieja; es la guardiana de la casa.

Avanza sobre todo por la orilla, recorre, masticando sin parar, el perímetro del lugar: pasa junto a la puerta de la verja que la separa de la carretera, por el lado opuesto al mar, por el acceso a la vía de escape que es el cemento. Intenta evadirse a base de rumiar: comerse la hierba, abrirse paso de una vez y salir de allí, salir a la calle del Idroscalo.

De noche, pues, se oye ese lento rumiar de hierba y los golpes que da el caparazón en los barrotes, con percusión regular, primero el golpe y luego una débil, imperceptible vibración. Es el ritmo de la obstinación: cada toque es la esperanza de haber escapado de la cárcel, el siguiente da fe del fracaso.

En realidad, es una cuestión milimétrica: la tortuga consigue siempre salir pero solo un par de centímetros. Al principio está casi fuera, deja atrás los barrotes, mete el morro en una hierba que está ya en la calle. Si solo fuera cabeza, sería libre. El ojo de la tortuga lo demuestra: en cuanto nota que está fuera, se abre del todo, con alegría.

Pero la cabeza es solo la avanzadilla, es una metonimia imperfecta: la parte no siempre vale por el todo. La extensión máxima del cuello, en su caso, es de poco más de cuatro centímetros, que es también la distancia de la huida. Entonces llega el caparazón, que da contra el hierro que la bloquea y es el golpe que se oye en la noche. Los barrotes vibran como si fueran el faro que ilumina al fugitivo y lo sorprende al primer metro de carrera.

El caparazón es su carcelero; lo que la protege la condena.

Después de casi conseguirlo, después de tantear el mundo exterior, de ver de cerca ruedas de coches aparcados, la tortuga siempre vuelve atrás. Es una percusión constante que nunca cede al desconsuelo. Si, al cabo de horas, desiste, solo lo hace por cansancio.

Deja de roer la hierba, busca el agujero que se ha hecho a unos metros de la entrada y se mete en él. Es una fosa, prueba técnica de cementerio.

Lo mismo ocurre esta noche, en la calle del Idroscalo. La tortuga se mete al instante en su madriguera, con un movimiento brusco, sin vacilaciones, y se hace el silencio, solo se oye silbar el viento entre los barrotes de la verja.

En la oscuridad, al otro lado de esa verja, sigue estando la muerte de Poeta. El jardín que la rodea es como un lago negro. La luz de la luna, cercada por nubes densas, la recorta, la destaca del fondo azul oscuro, casi negro, de la noche.

La muerte de Poeta es un árbol de cemento que se eleva hacia el mar. Es un árbol compacto, un monumento, el mausoleo de un siglo petrificado.

Yo ha intentado varias veces verlo de cerca, pero siempre se ha encontrado la verja cerrada. Ha ido por instinto, o porque se sentía llamado. Ha aparcado delante, ha mirado entre los barrotes. No ha oído a la tortuga moverse despacio entre la hierba. Siempre se ha vuelto. Y ahora aquí está de nuevo.

La muerte de Poeta no tiene hojas, es todo hormigón; resiste la intemperie, tiene el *rigor mortis* de la masa de agua, arena y piedra que es, con hierro como soporte.

Donde mueren los hombres, nacen árboles de cemento: la tierra recibe los cuerpos y da hormigón. Así crece recto el árbol de cemento, sin ayuda de nadie, sin necesidad de que lo rieguen. La lluvia lo lava, no lo nutre; el viento, con los años, lo pule, no lo sacude ni lo dobla.

En la copa del árbol de cemento, una araña ha tejido su tela lentamente. Es la fábrica lenta, la geometría perfecta y expansiva de una trampa. El viento pasa a su través pero no puede romperla.

La araña vive aferrada a la muerte de Poeta, habita en ella, inquilino febril, prestidigitador mortífero que no perdona a su presa. Quizá sea el único ser que oye el mar o que al menos lo intercepta.

Ahora duerme tranquilamente en su hamaca flotante, como duerme la tortuga en su fosa. La muerte de Poeta tiene sus guardias.

El coche de Yo rasca y arranca.

23. CASA DE LAS PIEDRAS, 1984

Está en el noveno piso; la ventana, que ocupa toda la pared, enmarca la montaña. Es verano, pero la cima conserva un poco de nieve y permite pensar también en el invierno.

La Casa de las Piedras es un hospital y está a veinticinco kilómetros de la Casa de la Montaña. Más concretamente, es una habitación con cuatro camas; estas camas son de metal y tienen el colchón a un metro del suelo, que es de ladrillos blancos. Todas las camas son iguales; están colocadas unas enfrente de las otras, por parejas, y hay una mesita junto a cada una de ellas. Los cabezales y los pies son también metálicos y tienen siete barrotes verticales.

En las mesitas hay libros, gafas, revistas y algunas flores abiertas.

La puerta de la habitación casi siempre está abierta. Por ella se ve el pasillo; lo ve sobre todo Madre, desde donde está, desde la cama que hay junto a la ventana. Por el pasillo hay un ir y venir lento y constante, que no se interrumpe ni de noche.

Sobre todo caminan; son siluetas que pasan, batas que aletean, camillas que alguien empuja, goteros como árboles con ruedas. Hay también un rumor ininterrumpido, pero nunca apresurado, de zuecos. Pies blancos y toses, chirriar de ruedas, voces: son los sonidos típicos del lugar.

La puerta se cierra dos o tres veces al día. Entran médicos y enfermeros, retiran sábanas y mantas, examinan cuerpos. Observan la cara de las personas que yacen en las camas. Se inclinan y observan el pecho; por lo que les dicen los pacientes procuran saber lo que sucede dentro de ellos. Pero a veces solo hablan con fatiga.

De las cuatro camas, dos están ocupadas. En una yace una niña o quizá una muchacha; lo mismo podría tener trece años que veinte o diecisiete. Al lado hay una tumbona en la que duerme una mujer que podría ser la madre, por lo mucho que se parecen; la niña la observa desde la almohada.

Madre yace en la cama de enfrente. No se sabe si duerme, pero no se mueve. En el suelo, junto a la cama, están sus zapatillas. Esperan a los pies. De cuando en cuando, Madre condesciende: se las calza y las pasea. A veces va al baño, que está al final del pasillo; otras, se acerca a la ventana y mira por ella: se ven ventanas de casas, tejados, terrazas con flores, los focos lejanos del estadio de fútbol, con sus gradas y tribunas, y, naturalmente, la gasolinera, las vías de tren que se alejan hacia las montañas, las montañas.

La Casa de las Piedras es un bloque vertical.

La base es estrecha; cuando sopla viento, se la ve oscilar, o al menos eso le parece a quien mira hacia arriba. Oscila como los árboles del parque que hay cerca y que abarca unos kilómetros cuadrados. Oscilan las luces de la fachada, las ventanas de las habitaciones, se inclinan sobre los tejados circundantes, y los pacientes, en sus camas, emiten gemidos varios.

En la mesita de Madre hay un botecito transparente con un tapón de plástico marrón.

Se lo ha dado el médico después de operarla; es como el que, enfrente, tiene la niña... o la muchacha.

Ella –la niña– se lo enseña a los amigos que van a verla como si fuera un trofeo. «Mirad lo que tenía dentro», les dice a todos en un mismo tono. Y les tiende el bote de las piedrecitas, pero casi ninguno lo coge.

«Que no muerde», dice ella riendo. «Se llaman cálculos biliares.»

En cambio, Madre, cuando Padre va a verla con Yo y Hermana en la hora de visita de la tarde, no dice nada. Ni señala ni enseña el botecito.

Tampoco Padre dice nada. Esas piedras del bote de plástico que hay en la mesita suponen una derrota. Madre no ha disuelto en el ácido a todos los Parientes y algunos están ahí. No ha sido capaz de cumplir plenamente con su deber.

Pero Yo y Hermana se alegran de que se encuentre mejor; a lo mejor no vuelven a oírla llorar por la noche.

Yo se acerca a la ventana, mira a la niña –o a la muchacha– que yace en la cama de enfrente y no se atreve a preguntarle cómo se llama, ni a ella ni a la mujer que se le parece que está allí al lado, en la tumbona.

Vuelve a la cama de Madre. Hermana está preguntándole a esta qué son las piedrecillas del bote transparente. Madre sonríe y dice cualquier cosa; pero no dice que es una foto de familia.

24. CASA DEL ADULTERIO, 1994

La Casa del Adulterio es una habitación sola, aunque el piso tiene más piezas. El tamaño de toda la vivienda y su distribución es información que no se conoce. Yo nunca ha tenido acceso a ella: la puerta que da al resto de la casa ha estado siempre cerrada.

El suelo de mármol es lo único que pasa de esa habitación al resto de la casa. A él le da lo mismo que las puertas estén abiertas o cerradas, se desliza por debajo de ellas tan campante. Eso sí, no dice nada y, en cualquier caso, todas las semanas se friega y no queda rastro de lo que sabía.

A Yo solo le importa esa habitación. En ella se forman las palabras que Mujer con Alianza le dice por la ventana. Es la incubadora del lenguaje, la cueva en la que el alfabeto se amasa con saliva.

Siempre que Yo entra en esa habitación, hacen el amor en la alfombra o en el sofá. Nunca tienen tiempo de desnudarse. Yo, con los vaqueros por los tobillos, deja que la pelvis lo guíe por instinto. La alfombra es áspera, Yo se despelleja las rodillas hasta que le sangran.

Pero sería injusto decir que el resto de la casa no existe. Detrás de la puerta de esa habitación está el reino de Gemelos, el hábitat en el que sobreviven mientras la madre yace en la alfombra.

A veces, Yo los oye reír, correr aceleradamente. Son tantos y tan veloces sus pasos, que la casa parece ilimitada y circular. Durante mucho tiempo, y antes de verlos un día de lejos, idénticos, lo único que Yo sabía de Gemelos era que daban pasos: Mujer con Alianza era la madre de cuatro pies escandalosos y de una risa igual que vivían al otro lado de la puerta de una habitación.

A veces Yo oye un choque seguido de un llanto doble que a cada instante aumenta de volumen. Enseguida Mujer con Alianza sale y Yo oye cómo su voz aplaca el lloro hasta que este cesa. Luego encienden la tele, Gemelos pasan a ser un ruido de fondo de voces grabadas. Su presencia se convierte en palimpsesto.

Hoy Gemelos han llegado al picaporte de la puerta. Han alcanzado esa altura en una noche: han crecido un centímetro mientras dormían. Se han levantado y, por primera vez, han podido asir la manivela. Y han abierto la puerta estando allí Yo con su madre. Quedarse quietos en pleno coito, guardar silencio en ese paisaje de cuerpos abandonados, ha sido el primer instinto de la pareja.

Decir más sería no resistirse al cotilleo.

25. CASA DEL TUMOR, 2007

Lo fundamental, para Yo, no es tanto el edificio como esa habitación. Recela de esa habitación, pues solo conoce la puerta y no sabe lo que hay dentro. Sabe, sí, lo que le cuenta Esposa, pero no es suficiente.

El edificio tiene también su importancia, claro. Para hacerse una idea de cómo es, habría que sobrevolarlo al anochecer y ver lo que hay alrededor. Veríamos hectáreas de oscuridad. Parece un lago delimitado por la carretera provincial.

Y el edificio se eleva en medio; es una isla de cemento bien iluminada.

Es una construcción de estilo militar. Compacidad y aislamiento son las dos líneas maestras. Seguramente sigue el modelo del Pentágono. Ambos lugares están pensados para la guerra nuclear. En ese edificio se lanza todos los días un ataque contra las fuerzas organizadas del tumor: raudales de dinero que se gastan en destruir al enemigo celular, en intentar desesperadamente que la especie sobreviva. Es una avanzadilla en constante actividad, cuya especialidad es la guerra química.

Pero desde fuera no se oye nada. Es una guerra silenciosa que no produce eco. De noche, reina el silencio de los Alpes, la inmovilidad del Cenozoico, el chirriar necio de grillos y cigarras. Está el aparcamiento desierto, con los absurdos rectángulos trazados en blanco, la geometría del vacío.

La luz de neón sale por las ventanas e inunda el entorno, se extiende unos diez metros desde el edificio; se come la oscuridad y descubre el terreno, deja ver lo poco que hay en él, que es sobre todo hierba.

Para llegar a la habitación que tanto interesa a Yo, hay una serie de pasillos y puertas cerradas; pero no es un laberinto, porque hay unas luces led rojas siempre encendidas que indican la salida; que, en caso de emergencia, conducen fuera en unos cuantos pasos. Si es un laberinto, pues, se sale fácilmente.

Las puertas son todas iguales y blancas, y blanco es todo lo demás, paredes, techos. Lo único que destaca son los picaportes negros de las puertas. Y es que el blanco es el color de la eternidad, no viene ni lleva a ninguna parte. Es suspensión, resistencia metafísica al tumor, a la metástasis, a la rápida proliferación celular.

En los pasillos no hay ventanas. Lo único parecido a un vano son unos marcos que cuelgan de las paredes, de tamaños diferentes pero parecidos a los de verdaderas ventanas. Son también como vistas, las únicas que se les concede a los enfermos.

Son cheques de banco ampliados, generosidad de donantes ricos –empresas que cotizan en Bolsa, filántropos locales, productores de vino y fabricantes de pinturas– puesta en cifras, con el nombre correspondiente en mayúsculas y la fecha de emisión. Al pie, la firma manuscrita, demostración, pues, de un compromiso personal, no solo de una simple transacción bancaria. Eso sí, también es liquidez, limpieza de la sangre, beneficio que se inyecta en el sistema vascular financiero. Provecho intrínseco, pues, para todo Occidente, terapia antibiótica: no surte efectos permanentes pero sí alivia un momento.

En los pasillos hay, pues, esta especie de ventanas, a intervalos regulares. Son ventanas con vistas al capital, paisajes de generosidad empresarial. Están abiertas para que el lugar parezca menos angosto, para que se respire mejor. Y para tranquilizarnos: para decirnos que estamos en buenas manos, que la guerra será la guerra, pero que veamos cuánto buen corazón hay.

La habitación es el centro de gravedad.

Es una puerta, sobre todo. Nada tiene de especial: es blanca como todo lo demás, pasa desapercibida en la pared; solo la ve quien tiene que pasar por ella.

Es un umbral ultraterreno, un paso a lo que hay después. Para seguir viviendo, tenemos que tratar con la muerte, ir a su terreno. La puerta nos lo permite. Es la aduana, allí se decide quién entra y quién no.

Esposa sabe lo que hay al otro lado, holló la hierba del más allá semana tras semana durante varios meses. Negociación breve pero espaciada. La muerte no renuncia fácilmente a lo que le corresponde por derecho, amenaza con abandonar, exige más, pone cláusulas que muchas veces son durísimas.

Después de cada terapia, Esposa volvía al mundo de los vivos. Llevaba la muerte consigo, en los ojos, en la cara, en las uñas. Mostraba sobre todo las consecuencias de la negociación, las enseñaba durante la cena, las paseaba en bici, las llevaba al cine, al mercado, a los restaurantes.

Luego volvía a entrar por esa puerta y seguía negociando.

Todo esto ocurrió antes de que Yo la conociera.

Esposa entraba a negociar con la muerte acompañada unas veces por su padre, otras por un amigo, por su hermana. Ellos saben lo que hay al otro lado. Ellos son los que se sentaron a la mesa, le hicieron de abogado. Yo no. Saben de qué color son los ojos de la muerte, cómo tiene las manos, si tiene pecas. Yo no.

Ellos son los que la trajeron de vuelta, los que la devolvieron al mundo de los vivos.

Yo solo puede mirar la cicatriz que le ha quedado en el pecho. Lo hace ahora, mientras Esposa duerme, se inclina sobre ella en el cuarto en penumbra.

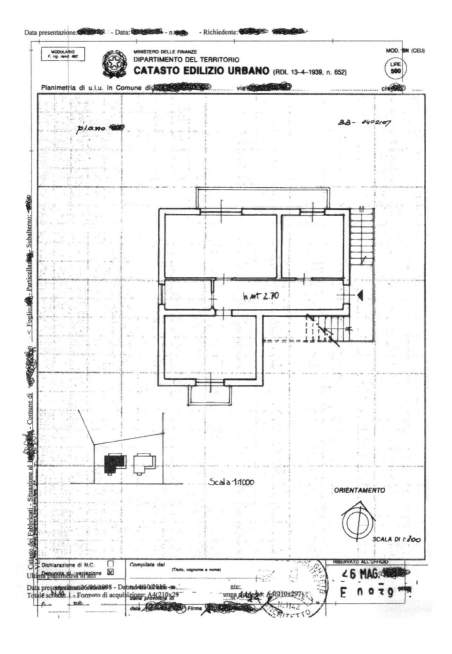

MODULARIO
F. rig. rand 497

MINISTERO DELLE FINANZE
DIPARTIMENTO DEL TERRITORIO
CATASTO EDILIZIO URBANO (RDL 13-4-1939, n. 652)

MOD. 3N (CEU)

LIRE 500

Planimetria di u.i.u. in Comune di ~~~~~~ .... via ~~~~~~ .... civ ~~~ ......

plano ~~~

B.B - 1402107

h mt 2.70

Scala 1:1000

ORIENTAMENTO

SCALA DI 1:100

< Foglio ~ - Particella ~~ Subalterno: ~~~

Catasto dei Fabbricati - Situazione al ~~~~~~ - Comune di ~~~~~~

Dichiarazione di N.C. ☐
Ultima Planimetria in atti ~~~~~~ ☒

Compilata dal
(Titolo, cognome e nome)

RISERVATO ALL'UFFICIO

26 MAG 97

Data pres ~~~~~~ 26/06/1998 - Det ~~~~~~ 0/2986 ~~ nte:
Totale schede: 1 - Formato di acquisizione: A4(210x297)
n. ~~~ sub. ~~~

data ~~~~~~ Firma ~~~~~~

26. CASA SEÑORIAL DE FAMILIA, 2011

(También está la voz del piso cuando todo calla, voz de la que habría que hablar, la voz que tiene la Casa Señorial de Familia por la noche, cuando los tres cuerpos que viven en ella importan menos y ocupan desde luego menos espacio que los muebles. Es un diálogo entre especies, entre armarios, cómodas y mesas de cocina, entre polillas, es la vibración eléctrica del frigorífico y los crujidos que da la madera y con los que dice que aunque no tenga raíces está viva. Es un diálogo discreto, que no quiere ser oído: Yo a veces escucha y de pronto todo calla, solo queda el eco, la última termita que roe otro poco distraídamente y enmudece, vuelve a formar parte del secreto, y Yo se duerme otra vez. Pero si, por casualidad, pudiéramos oírlo, si lo oyéramos ahora, veríamos que no es como el diálogo de la primera Casa de Familia, pese a que los muebles y demás objetos son los mismos. Advertiríamos que ya no hay tensión entre el baúl de Esposa e Hija –baúl heredado, símbolo de pertenencia y de solera– y el armario de contrachapado azul de Yo que hay al lado, que las estanterías y las sillas que hay a ambos lados del salón, el sofá de Yo y la mesita de nogal de Esposa que hay delante del sofá comparten el espacio sin problemas. Advertiríamos, en fin, que ya no hay aquella desconfianza que había antes, aquella rivalidad, aquel ceño que hasta un sillón puede poner. Que, en definitiva, aunque quizá no formen una familia, suponiendo que podamos pedirles eso a unos muebles, la Casa Señorial es, por la noche, un bosque en el que todo ocurre de común acuerdo, en el que a un chasquido responde un crujido, y Esposa duerme, y Yo duerme a su lado, e Hija se acomoda la almohada, delante de las colinas y de las farolas de la avenida de enfrente.)

La estación de trenes es una casilla de peón caminero y está en las afueras del pueblo.

Está pintada del típico rojo pompeyano y tiene las modestas dimensiones de este tipo de construcciones. Consta de dos plantas; la planta baja es para viajeros y en la de arriba vivió el peón caminero.

En su día fue una estación de mercancías con varias vías. Durante un siglo hubo cierto tráfico de trenes y un sistema manual de cambios de aguja que manejaba un jefe de estación. No tenía mucho trabajo el hombre, la circulación complicaba poco su jornada: tenía que bajar la escalera de la casa y desviar los trenes por las vías: no era difícil, pero tenía un valor simbólico importante, porque marcaba el ritmo laico del tiempo en el pueblo.

Y aunque no era de bronce como la de la iglesia, también la estación tenía una campanilla: era de un material pobre, una aleación de estaño y cobre, con un porcentaje significativo de lo primero para que sonara más aguda y clara. Tenía un pequeño badajo que golpeaba la campana compulsivamente, con cierta histeria.

La caseta de la vía era como la casa parroquial del ferroviario. Lo que había en la planta de arriba no era un misterio: las ventanas estaban abiertas y se oía ruido de platos y risas de niños; había ropa de toda la familia tendida, era como una partitura de colores, de mangas y de pantalones. Era lo primero que veía quien llegaba en tren a aquel destino, era la bandera del pueblo, con olor a detergente y suavizante.

Por la noche todo callaba, se esperaba el tren de mercancías nocturno que era directo y no paraba. El ferroviario lo veía pasar por la ventana. El tren desaparecía por la curva, con su estrépito, con el aire que desplazaban tantas toneladas. Entonces el hombre tiraba la colilla, cerraba las persianas y daba fin a su jornada.

Pero todo esto ocurría en el pasado: es mitología de Yo, es memoria artificial, palabra ajena, lugar común, alguna foto color sepia, todo mezclado formando un recuerdo que ahora Yo encuentra en su cabeza.

Antes de que Yo viviera en la Casa de la Montaña, la estación fue degradada a parada sin personal. Eran las primeras pruebas de la ingenierización del trabajo, del control de la gestión, de la optimización de costes. Eso significó que la planta de arriba se cerró para siempre, el ferroviario pasó a ocupar un despacho, colgó la gorra y durmió sueños más normales con la familia en un piso de la ciudad.

Y ahí, junto a las persianas cerradas de la caseta ferroviaria, está ahora Yo de pie, con Abuela y una maleta. Ha acarreado esa maleta por todo el pueblo: hacerse mayor es sobre todo hacerse el fuerte, el obstinado. Poco importa que la maleta sea casi más grande que él, que, con diez años, tiene los huesos largos pero poco más.

Por las ventanas de las casas, desde el campo de fútbol, todo el mundo ha visto a Yo y a Abuela pasar por la calle. Todo el mundo ha visto a un niño cargado con una maleta y a una señora pararse a cada trecho para que el niño pudiera descansar. Todo el mundo ha visto a Abuela intentar ayudarlo, a Yo avergonzarse, apartarle la mano, coger de nuevo la maleta y seguir adelante.

Nadie ha dicho nada, pero todos han suspirado inquietos.

Abuela solo ha dicho: «No te preocupes, es que Padre está muy solo, no es que quiera que me muera. A veces le pesa haber nacido y, como yo lo traje al mundo, quiere vengarse. Pero no es malo, a mí nunca me hará nada ni a vosotros tampoco.»

Lo único que le ha hecho ha sido tirarle la maleta por la escalera y echarla de la casa. «Acompáñala a la estación y que coja el primer tren», le ha dicho a Yo, que, en calzoncillos, ha recogido la maleta mientras Abuela se arreglaba la ropa y se mordía la lengua.

Ha empezado entonces el viacrucis por las calles del pueblo.

Yo no sabe qué ha pasado en la cocina, mientras él contemplaba la montaña; pero ahora sí sabe que haber nacido es un problema, que venir al mundo es doloroso, que su padre es también un hijo.

De pronto suena la campanilla, accionada por control remoto, digamos; llega el tren. Suenan el cobre y el estaño, repetidamente, bajo las persianas cerradas del piso de arriba. Marcan el tiempo de las cosas de este mundo.

Abuela le dice: «Pequeñín, te has hecho mayor.»

Alza la voz para que la oiga con el ruido del tren, la sombra oscura que para.

Y en el andén se queda un niño solo.

Yo alza la cara, mira las ventanas.

Y se vuelve a casa.

28. CASA ROJA CON RUEDAS, 1978

Es el último anexo de la Casa de Prisionero, el postrero. Es un Renault 4 rojo. Tiene seis ventanas situadas en los cuatro lados. Desde cualquier punto, con flexiones mínimas del cuello, se puede ver el mundo exterior.

Yo reconoce ese rojo. La boca luminosa del televisor se lo ha metido en el sistema nervioso mientras correteaba por la Casa del Sótano. Por eso, aunque no lo recuerda, Yo siente ese color como una punzada en las costillas, como una especie de dolor nacional; lo reconocerá siempre y no lo distinguirá de la sangre.

En la puerta hay una placa con un nombre: Roma N57686.

Hay también un número, 90, escrito en blanco sobre una pegatina circular roja. Indica la velocidad que, al viajar, la Casa Roja no debe superar.

Ahora tiene las puertas cerradas. Dentro no hay nadie, o eso parece. Hay otros coches aparcados delante y detrás; es por la mañana temprano.

Está junto a una iglesia, a la que se entra subiendo tres escalones, pero está cerrada y nadie oiría nada. La iglesia lleva inmóvil más de mil años, mientras todo lo que hay a su alrededor se mueve.

La última Casa de Prisionero solo lleva allí unas horas o unos minutos; nada comparado con la eternidad de la iglesia.

En la fachada de la iglesia hay una serie de tubos, andamios de madera, escaleras de acero, vallas, anclajes. También la eternidad necesita mantenimiento.

Al final de la calle, otras casas con ruedas circulan y desaparecen en dirección al foro romano, en dirección al año 300 a. C.

Aún son pocas, pero pronto habrá más, formarán una única masa multicolor que se desplazará sobre neumáticos y llantas.

Dentro de la Casa Roja todas las luces están apagadas.

En el asiento trasero parece que ha pasado algo.

En el maletero, al fondo, hay un bulto envuelto en una manta de lana color camello; ocupa todo el espacio, que es de medio metro cúbico.

El bulto envuelto en la manta es el cuerpo sin vida de Prisionero.

En el espacio que hay no cabe más que ese cuerpo.

Prisionero está en posición fetal. Se dispone, pues, a salir; a agujerear, desde dentro, el mundo de fuera.

Está oscuro, quizá se filtra un poco de luz del exterior.

Prisionero va bien vestido: lleva traje azul, camisa de rayas, corbata bien anudada, quizá chaleco, zapatos negros.

Va peinado y la cabeza está un poco levantada, porque se apoya, manta mediante, en la rueda de repuesto. Al lado, en una caja de plástico, están también las cadenas para la nieve.

A los pies de Prisionero y envuelta también en la manta, hay una bolsa de plástico. Esta bolsa contiene una pulsera y un reloj. Son lo que se le ha dado a Prisionero para morir. El cuerpo muerto ha detenido el tiempo; el reloj ha pasado por encima y ha proseguido.

Ahora hay muchas personas allí. La calle se ha cortado; la iglesia sigue cerrada.

Dos hombres en uniforme abren el maletero; ven el bulto envuelto en la manta, intuyen lo que es. Con ellos va un sacerdote.

Al abrirse el maletero, a Prisionero le llega quizá un poco de sol. Si se mueve o sigue inmóvil es cosa difícil de decir.

Los hombres se inclinan, retiran dos bordes de la manta, descubren el cuerpo aovillado.

Todas las cabezas se inclinan para mirar pero nadie dice nada. Al final alguien lo reconoce; dice el nombre, como si acabara de nacer; dice que sí, que es Prisionero.

Así nace la muerte de Prisionero. En pocas horas está en la prensa.

El sacerdote —en directo para toda la nación, Yo solo es un yo minúsculo entre los demás que ven la tele— hace la señal de la cruz.

29. CASA DE LA VALLA, 1995

La mesa es la que había en un rincón junto a la ventana en la Casa de la Montaña. Por fin ahora se merece un
cuarto y puede desplegarse en toda su extensión: se acaba-
ron los tiempos de la mortificación, ya pueden los dos se-
micírculos desacoplarse y permitir que la tabla suplemen-
taria salga y se coloque en medio. Gracias a esta extensión,
el círculo renuncia al cierre hermético y puede distenderse
en forma de óvalo.

Como todos los muebles, también la mesa sitúa a las
personas independientemente de lo que la rodea y no importa que por la ventana no se vea ya la montaña sino una
especie de fondo urbano, pues todo está nevado, es Navidad y en medio de la mesa hay un tablero de juego. En
torno a este imán de cartón están Padre, Madre, Hermana, Abuela y Yo, lanzando dados por turnos y moviéndose
por el tablero.

Es un viejo ritual, es el teatro obligado de la infancia y
del nido familiar. Solo que la infancia está demasiado rota
para que se la pueda manejar sin cortarse. Acaban de terminar de comer y el tablero está abierto en el mantel: es
como el desfile de un régimen en el que ya nadie cree; to-

dos van con uniforme, todos están contentos y esperando que acabe pronto. La presencia de Abuela, de visita en la casa nueva, certifica y legitima la escena. Hermana y Yo tienen cuerpos de veinteañeros embutidos en ropa de niño y celebran cuando toca los regalos de la suerte numerada: los dados dictan el código emocional.

El tablero de juego representa el plano de un apartamento: buscan al asesino, ponen en las habitaciones y mueven por ellas el arma del crimen. Es mucho más grande que la casa en la que se desarrolla la partida, pero las culpas se atribuyen igual: Padre piensa que es Abuela, Hermana y Yo se unen contra Padre. Madre solo espera que no acabe como ya acaba casi todo, que permanezcan dentro de la ficción del Cluedo, que no la rompan y la hagan realidad.

Pero esta vez la tensión no los ahoga, el asesino es Yo, el peón verde; el arma del crimen es un candelabro y el cuarto en el que se comete el homicidio es la biblioteca. Yo va a protestar, pero se calla y al final todo acaba sin drama: la Casa de la Valla queda inaugurada, se acabó el desfile.

Padre se la enseñó a Abuela por la tarde, con un orgullo mal disimulado y un poco de rabia. Le hizo ver, al llegar en coche de la estación, la solidez de los bloques de cemento armado que se elevan en medio del barrio, incluso le echó en cara la solidez del hijo frente a la vida disipada de la madre. La lucecita parpadeante de la valla les dejó entrar, hicieron una maniobra fácil —casi un giro completo— y aparcaron en una plaza reservada. Le tendió la mano, la ayudó a bajar y le subió la maleta.

Hay seis bloques, rodeados de una valla y aislados del entorno. Es un barrio residencial elegante, es la ciudad que echa al campo de su espacio, lo ahuyenta con excavadoras y luego planta césped en memoria de los campos cultivados, conmemoración geométrica, tumbal. Los bordes se recortan con desbrozadora: es una cuestión de detalle que marca el estilo. Y hay mucho geranio en los balcones. La casa es como las demás de los bloques. Recibidor, dos habitaciones, salón y cocina, tabiques de yeso, cuarto de baño sin ventanas: un rectángulo de setenta metros cuadrados, dignamente divididos, eso sí, en cinco piezas y dos balcones. Los seis bloques son propiedad de la empresa pública en la que Padre trabaja de funcionario. La idea subyacente es que lo público está hecho de hormigón. Los que viven allí son todos iguales, se convierten en un paisaje de cemento.

Pero lo fundamental es que se realiza el sueño de tener casa: alquiler fijo y posibilidad de ser los propietarios en unos pocos años y a un precio no sujeto a los vaivenes del mercado; es decir, serlo para siempre y no al ritmo mensual que normalmente marcan el salario y el alquiler.

Cuando Abuela termina de ver la casa, dice: «Muy bien, me alegro.» Es evidente que no se alegra, que lo visto es lo contrario de lo que le gusta, pero supone también que se ha evitado un peligro, que podía ser mucho peor. Repite: «Muy bien, me alegro» y esta vez lo dice como madre. «Hay que imaginar cómo quedará», responde Padre, «sin todas estas cajas.» Madre, Yo y Hermana se mantienen apartados unos metros, en ese momento la protagonista es otra familia, que viene de un pasado remotísimo del que no forman parte.

En la cocina, Padre mira las cajas que se apilan junto a la pared, mira el techo, el zócalo. Dice: «No es muy grande, pero es para siempre.» No dice que el siempre del Estado difiere del eterno, que es una especie de eternidad para pobres, una eternidad de noventa y nueve años, mucho más de cuanto ninguno de los presentes, Yo incluido, puede concebir. Pero es el siempre que Padre ofrece a la familia: un siempre concreto, con contrato y una cuenta atrás que, de momento, no asusta. Dentro de un siglo, cuando suene el último segundo, no quedará nadie para ver cómo la casa vuelve a la nada y el alma abandona el recinto.

30. CASA DE LOS TEJADOS, 2004

París es una ciudad fácil de imaginar. Está ya preparada en la cabeza, no requiere grandes esfuerzos. El conocimiento directo no es una condición necesaria. El estereotipo es un mecanismo suficiente, es imaginación congelada. Solo hay que calentarla un poco en el microondas cerebral.

Introduzcamos los activadores verbales necesarios para la descongelación de París. Escribamos «Torre Eiffel», «Bateaux Mouches», «Sena», «bouquinistes»; añadamos «Montmartre» y «plaza de los artistas».

Ya está París lista para servirse. Oímos las voces, los organillos, percibimos las intensas luces lilas, olemos las crepes.

Una vez abierta la ciudad, concentrémonos en un barrio. Fijémonos en Montmartre; dejemos atrás el Sacré-Coeur y demos media vuelta: ya están ahí los retratistas de la plaza; sentemos a algunos turistas en las sillas. Adentrémonos más en el barrio, dejemos de oír las voces.

Vayamos hasta el edificio de la esquina, tecleemos el código de acceso, 8BC2.

Cojamos el ascensor, subamos siete pisos.

Encendamos la luz del pasillo, vayamos a la última puerta de la derecha.

Imaginemos quince metros cuadrados, un rectángulo perfecto. Veamos a Yo sentado en una silla, acodado en la mesa: es un joven que se ha hecho plenamente adulto. Hay una ventana que da a los tejados.

En la puerta hay una bolsa de la compra, es una torre de latas de cerveza barata, es el precio que Yo paga por la locura que lo ha llevado allí: una huida pura y dura, evitarse pagar un alquiler, consolarse con la idea de que lo envidian. La geografía de esa locura es europea y va por capitales: Berlín, Ámsterdam, París. Son casas siempre prestadas, de síndrome del huérfano asustado: atrae a mecenas de última hora que solo quieren dar un poco de amor y contribuir a una gloria futura por lo demás incierta. Yo siempre da las gracias, hace las maletas, se muda y se encierra en casa.

Una vez por semana sale del caparazón y va por latas y congelados. Baja de la colina, hace cola, paga, vuelve a casa y poco a poco consume lo comprado, como hace Tortuga con la hoja de lechuga detrás de su maceta. A veces, en el camino de vuelta, pasa por la plaza de los artistas; no se detiene, pero ve a estos retratar rostros con comprensión de pintores. El espectáculo transmite una sensatez reconfortante, es el turismo como razón suficiente.

La Casa de los Tejados tiene tres ventanas, una de ellas con balcón; es una especie de ático, de estudio, de buhardilla.

Hay poco espacio, si juzgamos por el dato del catastro: tres metros de ancho por cinco de largo. Pero allí todo es ilusionismo..., con la ayuda de la cerveza, y Yo ve dos cuartos y una cocina. Es más: ve una cocina, un dormitorio y un estudio, que es donde ahora está sentado.

La casa se orienta al noroeste, hacia el Canal de la Mancha y el puerto de Le Havre.

La cocina está en la pared, al entrar a la izquierda. Consiste básicamente en un hornillo eléctrico y una encimera. El hornillo tiene dos placas redondas de hierro colado de distinto tamaño: en la más pequeña se hace los huevos fritos y pone la cafetera; en la grande cocina lo demás.

Desde la cocina se accede directamente al balcón, cuya superficie es como la de la plataforma de un montacargas: solo cabe una persona de pie. Yo ha intentado colocar una silla y sentarse a leer con la vista de París. Cabe la silla, pero no una persona con un libro. Por eso Yo lee de pie.

El espacio que llama «estudio» está delimitado por una alfombra roja con dibujos azules. Dicho más técnicamente, es un tapiz, descolorido. Sobre este tapiz hay una mesita de madera barata y una silla de factura semejante. Sobre la mesa, un ordenador portátil que está siempre encendido, un cuaderno abierto, libros, un vaso de agua, folios, post-its, notas manuscritas. Enfrente hay una ventana, con una cortina de papel enrollable.

En este espacio pasa Yo muchas horas al día tecleando en el ordenador. Entra por la mañana temprano franqueando el umbral del tapiz y solo sale para hacer sus necesidades.

El estudio es como un ring: se traspasa una raya de tejido y se está dentro. En ese ring la emprende Yo a puñetazos con el alfabeto. Siempre ataca, nunca se defiende. Arremete con la cabeza gacha convencido de que eso basta para entrar en una frase, para ponerla contra las cuerdas. Encima, mueve poco las piernas, es obstinado y golpea siempre en el mismo punto, y cuando el alfabeto contraataca, no reacciona, se queda parado y encaja todos los golpes.

Por la noche, salta del ring, sale del tapiz y se retira a la cama.

El dormitorio es la tercera pieza de la casa parisina. Está a un metro a la derecha, conforme se sale del tapiz. Yo se levanta de la silla, da dos pasos y se acuesta en la cama. Es una cama de matrimonio y Yo solo deshace la parte derecha. Por la mañana, la parte izquierda sigue intacta, lisa, con su almohada de plumas bien mullida y sin una arruga. Todas las mañanas, al levantarse, Yo hace su parte de cama. Luego se ducha, se calienta leche en un cazo, desayuna de pie, vuelve al ring y sigue tecleando; esta es la rueda que mueve las manecillas del día. Y así, escribiendo, evita hacerse esta pregunta: «¿Qué hago en esta casa?»

(Luego está el París verdadero, al que Yo sale por la tarde noche, normalmente el fin de semana. Lo hace sobre todo para sobrevivir, para salvarse de otro modo, y camina hasta agotarse por el Sena o por entre los setos de las Tullerías. A veces acaba en un local de Belleville o de la Bastilla, y por la noche en alguna cama desconocida, a modo de poeta maldito en país extranjero, lo que casi siempre sale mal, pero al menos al despertar ve otras casas y recibe caricias consoladoras, y por la mañana vuelve a refugiarse en su casa del tejado, en las palabras, y cierra la vida con dos vueltas de llave, una vez más, dentro de un paréntesis final.)

31. ÚLTIMA CASA DE POETA, 1962

Es la Última Casa de Poeta: aquella a la que, para entendernos, no volverá. Pero de momento no tiene ni paredes: es un acta notarial, con todos los anexos necesarios, y ocupa solo unas líneas, aunque, eso sí, está firmada por las partes interesadas. La casa se eleva, diríamos, sobre una hoja de papel rayado con márgenes reglamentarios, de un par de centímetros el de la izquierda, del doble el de la derecha.

Se construirá cuando los tratos se hayan cerrado. El documento es una promesa de construcción más que una compraventa hecha.

El papel, debidamente archivado, es lo único que autoriza legalmente la operación inmobiliaria: es el verdadero suelo público de la burocracia, el cimiento del Estado. Lo demás no es sino efecto de la combinación del dinero y del alfabeto. El lenguaje, unido con la argamasa del dinero, es el material de construcción del poder. El Notario es la prueba de esta unión; por eso su parcela nunca está sobrevalorada.

El comprador es Poeta, evidentemente. Vemos su firma entre las firmas que hay estampadas en los márgenes del papel rayado: es una firma clara, incluso elemental, con la que Poeta se compromete a pagar unos doce millones de liras en dos plazos. Se adjunta además la hipoteca.

La Última Casa de Poeta, erigida sobre una hoja de papel rayado el día 12 de noviembre de 1962, está en un edificio de futura construcción. Se trata, según el documento, de un inmueble situado en las afueras de Roma, en una zona no destinada a la construcción de chalés o parques privados: no es, pues, un edificio de lujo, en el sentido que determina la ley de 2 de julio de 1949, número 408.

El barrio en el que se construirá la Última Casa de Poeta –el EUR– es la monumental prueba de hasta qué punto la exhibición del fracaso es, en Italia, la verdadera matriz de toda forma de poder. Surgido donde el Duce plantó un fálico pino con pala de rito y apoteosis, y destinado a comunicar Roma con el mar Tirreno, lleva las siglas de una Exposición Universal de Roma que nunca se celebró. Triunfo del cemento armado con retórica imperial, toneladas de clavos, hierro y hormigón, es el símbolo monumental de aquello en lo que se basa la nación: la importancia de articular una promesa como principio y fin de un proceso, dando por supuesto que lo que cuenta de la promesa es el sentido de la frase.

El resultado urbanístico es habitar el fracaso –algo que no ocurrió– como si fuera un triunfo: trazar calles, inyectar vida, automóviles, tiendas, hospitales, ofrecerlo a la vista como modelo que imitar. Convertirlo todo en propaganda, vamos: el dinero ya ha fraguado en cemento, se ha elevado hacia el cielo, ha producido estética y consenso; lo demás importa poco, y la promesa es papel mojado.

El edificio aún no tiene número, pero se halla en el polígono 105, parcela 52, del EUR. Poner el número 9 al principio del paseo es el soplo vital del acta notarial. Desde ese momento, quedará registrado para siempre en el catastro, el registro con el que el Estado sanciona su anexión del espacio.

El apartamento está en la planta baja, puerta 2, y da al jardín por el lado oeste. Tiene seis habitaciones, baño, cocina y jardín privado, y limita con el patio interior, el hueco de la escalera, el apartamento y el jardín del vecino de la puerta 3 y la rampa de entrada. E incluye la séptima parte del garaje.

Pero el espacio de la Última Casa de Poeta aún no es nada, es solo un plano —que acompaña al acta— que carece de la gramática conjuntiva de los cuerpos que lo habitarán.

Ante el comprador y la vendedora, Notario oficia la liturgia de la propiedad privada, transforma las palabras en cosas poseídas. Y cuando, con un bolígrafo, Poeta escribe su nombre y apellidos en el papel, ejerce poder, se afirma con el ladrillo, desafía a la muerte.

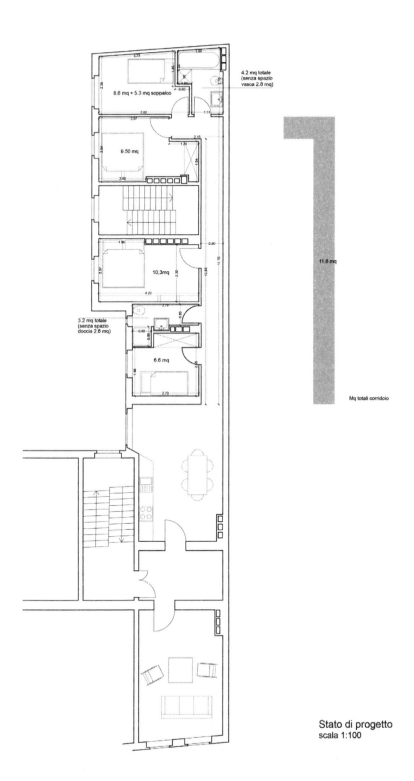

4.2 mq totale
(senza spazio
vasca 2.8 mq)

8.6 mq + 5.3 mq soppalco

9.50 mq

10,3mq

11.6 mq

3.2 mq totale
(senza spazio
doccia 2.8 mq)

6.6 mq

Mq totali corridoio

Stato di progetto
scala 1:100

32. CASA DE LA AMISTAD, 1990

Solo el ascua ilumina el lugar y solo cuando se aviva. Son, pues, metros cúbicos de oscuridad, cerrados por la puerta de un garaje. A decir verdad, arriba hay una rejilla por la que se filtra la claridad fría del mundo circundante, un mundo que es un laberinto de cemento, luces de neón rectangulares y puertas iguales con su respectivo número de apartamento. Es lo que no se ve de los bloques de viviendas, lo que se suprime de ellos, el vacío en el que descansan. Es el lugar que queda fuera de la dictadura de la mirada: de él se sale a la superficie, al mundo concebido para lo contrario, para ser mirado.

En este caso, arriba hay jardín y más arriba montañas. Y justo en la vertical hay pisos en los que se amontonan unas familias, entre ellos, claro, el piso en el que vive Yo, la Casa de la Montaña.

Pero lo que nos interesa ahora es esa ascua que se aviva a ratos en el mundo de abajo. Unas veces ilumina una nariz y otras veces una nariz con gafas. El de la nariz con gafas —unas gafas que quedaron anticuadas el primer día— es Yo, cuyos ojos, cuando se ven a la luz del ascua, están cerrados. Los otros ojos, los ojos de la otra nariz, están abiertos: la luz del ascua deja ver un instante que están excitados, que el iris se dilata, humilla la pupila. Luego, la oscuridad vuelve a reinar, satura el ámbito del garaje, deja que la claridad que se filtra por la rejilla ilumine el Citroën en el que los dos muchachos están sentados, con las portezuelas abiertas.

Arriba es de noche; la versión oficial es que han salido a dar un paseo y a tirar la basura.

Cuando un rostro se ilumina, el otro emite palabras. Yo emite muchas, que se suceden interminablemente; el otro emite sobre todo exclamaciones. Los dos hablan de sexo por no hablar de amor. Ninguno tiene mucho que decir al respecto, por lo que, agotado el tema, solo hablan de miedos. El tiempo del que disponen es el tiempo que dura la combustión, que nunca es más de diez minutos y normalmente da para contar un par de coitos inventados y cinco o seis miedos. El tema de los estudios queda de reserva, a la familia ni se la nombra, que se quede en los pisos de arriba. La calidad del hachís, la crítica del porro, cierra siempre la sesión.

La puerta que se levanta pone fin a todo. La luz de neón los deslumbra, llevan los ojos rojos, ponen cara de quien vuelve al mundo de mala gana. No se despiden para que no los oigan. Desaparecen por dos puertas distintas, chupando un caramelo de menta; el ascensor los extrae del subsuelo y los devuelve a sus familias. Allí se queda el piso de cemento, el zumbido de las luces de neón, el vacío que sostiene el mundo. Y el olor dulzón que sale por la rejilla y que quizá algún vecino infeliz huela, abriendo mucho la nariz y esbozando sin darse cuenta una sonrisa.

33. CASA DEL MOBILIARIO RECIÉN NACIDO, 2000

En sí misma, esta casa tiene poca importancia. Lo que la caracteriza es precisamente su falta de carácter, que la borra del mapa. Tampoco en Yo ha dejado muchas huellas, que están dispersas por la corteza cerebral. Se sitúa allí donde el centro de Turín se pierde en lo indistinto de los edificios, donde la dignidad no deja recuerdo, donde el urbanismo se vuelve un purgatorio de espacios verdes y parques infantiles.

Está en dirección a las montañas, cuyas cimas, sin embargo, no se ven desde el primer piso. Se oye bien, eso sí, la campana de la iglesia y, al amanecer, los ruidos metálicos que hacen los que montan sus puestos en el mercado, alma del barrio. Por la tarde, al acabar la jornada, desmontan los puestos y dejan la calle llena de cajas de cartón rotas y fruta podrida.

La casa es sobre todo una superficie de varios metros cuadrados, ni siquiera muchos. Consta de habitación y cocina, ambas piezas de trazado regular y espaciosas, aunque Yo las aprovecha poco. Tiende más bien a irse al centro de la ciudad, cierra la puerta de la casa y se va a la parada. La casa, pues, está casi siempre vacía, sola con sus muebles, y Yo no conoce el barrio, aparte de la calle por la que sale de él.

Así que lo más importante son los muebles, que suponen la ejecución de un mandato: el de que, con el cheque que Padre le dio en mano, con una cantidad escrita en cifras y en letras, Yo formase una familia, al menos él solo, si es que no tenía vocación matrimonial. El importe –era lo justo– es el mismo que le dio a Hermana cuando esta se casó.

Y así es como Yo se casó con unos muebles. De acuerdo con lo mandado, optó por un matrimonio pequeñoburgués, que tenía la ventaja de que no había que inventar nada, de que podía renunciar a sus gustos, a personalizar su espacio. Por eso escogió a ese fabricante, el que más se anuncia y tiene su sala de exposición junto a la autopista de Milán.

Y ya no tuvo que hacer nada, salvo entrar en casa, encontrarlo todo montado y darse por satisfecho. Cocina hecha a medida –de aglomerado con puertas color cerezo–, con horno de aire, campana con extractor de dos velocidades, armarios de pared puestos simétricamente arriba y abajo, mesa de la misma línea y pintada del mismo color que lo demás, con cuatro sillas colocadas en su sitio pero en la que caben seis personas, y, en el rincón, un sofá cama, sencillo, con una funda de color arena. Habitación con cama de matrimonio con cabezal, escritorio, armario azul de tres módulos, uno de ellos con espejo, y lucecitas que se encienden cuando se abren las puertas.

Y todo lo pagó al contado, una cantidad que coincide hasta en los céntimos con la del cheque, incluyendo el redondeo al alza del fabricante.

Y no hay mucho más que decir sobre la casa. El contrato de alquiler es de cuatro años renovables, pero, a juzgar por el tiempo que Yo pasa en ella, la dejará mucho antes. En casa, Yo se relaja como si viviera una vida ajena, lo que estaría bien si esa vida le gustara. Aunque tampoco llega a disgustarle, pues no tiene alternativa. El armario está medio vacío, de la cocina solo usa el horno. Ha invitado a algún amigo, pero allí no pintaba nada y no ha vuelto a hacerlo.

De la casa no quedará seguramente ningún recuerdo, pero allí es donde los muebles de Yo, un martes de principios de otoño, vienen al mundo. Ese es el ámbito en el que, un día de sol y de árboles amarillos, le imponen a Yo su presencia, su volumen. Desde ese piso emprenden los muebles su infinita peregrinación por el tiempo y el espacio.

Desde ese momento le dictarán siempre a Yo su ley: serán ellos los que tengan la última palabra sobre todos los lugares que Yo habite, sobre las superficies, altura de los techos, distribución de los objetos, de la ropa, de la pasta y de las latas de comida. Serán ellos, montados y desmontados, cargados y descargados una y otra vez –por Yo mismo o por unos empleados de mudanzas–, los que decidan dónde vivir y dónde no. Serán ellos los que impongan sus gustos. En adelante todo será como ellos, resonará siempre el ruido que hizo un cheque al ser arrancado.

34. CASA DE LA MONTAÑA, 1985

La perspectiva es la del transeúnte, la de quien pasa por la calle. Lo que ven los que pasan por la calle es sobre todo una ventana y, en la ventana, detrás del cristal, a Yo mirando a la calle fijamente. No ven que se mueva, ni que mueva los ojos. Si dijéramos que los ojos que los de la calle ven en la ventana piden ayuda, mentiríamos. No piden nada ni parece que quieran lanzar un mensaje, muestran una condición.

Los de la calle ven a veces que Padre abre la ventana, sale al balcón. Cuando esto ocurre, Yo desaparece. La Casa de la Montaña se convierte en un recinto silencioso: es el silencio del espacio, la muerte de la voz.

En la Casa de la Montaña no ha entrado nunca ningún niño. A Yo lo han invitado sus compañeros para que algún día los invitara él, pero Yo nunca lo ha hecho. Aunque preguntado directamente por las madres, ningún niño infiltrado ha podido contar lo que hay, lo que pasa tras esa ventana cerrada.

Cuando ha notado mucho esa presión, Yo ha dejado

de ir a otras casas, ha vuelto a encerrarse en la suya. Ha dejado su sitio vacío en los cuartos de juegos en los que se reunían sus amigos.

Los de la calle han vuelto así a hacer conjeturas, a imaginarse esa casa, a convertir a Padre en un carcelero que no necesita llaves.

Y han empezado a sentir compasión, a ver resignados a Yo detrás de la ventana, a sentir disgusto por su soledad.

Y no digamos nada más, sería retórica patética y color. Añadamos solo que la compasión que a Yo le llegaba desde la calle y lo alcanzaba tras el cristal era como barrotes que ponían a su cárcel.

35. CASA DEL PARASIEMPRE, 2010

La Casa del Parasiempre es redonda, tiene forma y naturaleza de anillo de boda. En cuanto producto arquitectónico, es tecnológicamente de lo más avanzado: cabe en la palma de la mano, puede meterse en el bolsillo. La medida exacta de la Casa del Parasiempre, en la que Yo vive feliz, es, pues, una circunferencia de 7,28 centímetros exactos. El diámetro es de 2,37 centímetros. Vacía, pesa unos 4 gramos. Cuando Yo entra en ella, pesa 4 gramos más 87 kilos. Está construida íntegramente en oro, lo que la hace preciosa y tendente al destello. Cuando el sol está alto, la Casa del Parasiempre irradia luz. Es su momento de máxima defensa: la luz es el escudo deslumbrante detrás del cual Yo puede descansar. Nadie puede molestarlo porque ningún ojo aguanta tamaño resplandor.

Añadamos algunos detalles del interior. Techo y suelo son la misma curvatura: no hay solución de continuidad entre lo de arriba y lo de abajo. Es un único flujo, es espacio en eterno movimiento: cada milímetro persigue al de delante sin verdadera intención de alcanzarlo. El futuro es el imán que arrastra al tiempo, es el flautista tras el cual marchan todos los minutos que pasan.

Techo y suelo, suponiendo que tenga sentido distinguirlos, son lisos y están completamente vacíos. En la bóveda hay grabadas unas letras seguidas de tres cifras. Las letras componen el nombre de Esposa, las cifras son 30-5-2009. Son porciones de oro sustraídas a la superficie de la Casa del Parasiempre, lo que se lee es lo que falta.

Según gire la rueda, pues, la inscripción queda arriba o abajo: a veces Esposa está en el cielo y a veces Yo la pone en el suelo.

Nada más hay dentro, Yo es el único mueble de la casa. Entró en ella el día que figura en la bóveda y desde entonces no ha salido. Entró con el dedo anular y luego se instaló entero. Dada la naturaleza arquitectónica del lugar, eso no significa que no se haya movido, claro: ha viajado por el mundo llevándola consigo. Ha puesto en práctica, sencillamente, lo que de niño le enseñó Tortuga. Desde que es inquilino de la Casa del Parasiempre, Yo por fin entiende al quelonio. Sabe lo tranquilizador que es tener siempre un techo sobre la cabeza. Va por ahí con su caparazón de oro y nada teme: tiene fuera casi todo el cuerpo, sale y toca lo que encuentra. Y lo hace con una especie de incrédula inconsciencia, de valentía.

Antes nunca se atrevía a tanto: iba por ahí desnudo, no tenía techo, siempre estaba preparado para correr en busca de un refugio. Ahora se pasea tranquilamente, sabedor de que siempre puede meterse en casa.

Con eso le basta para salir al mundo lanza en ristre, para no temer la intemperie, para sentirse protegido de la nieve, del frío y de la lluvia. Le basta, de tanto en tanto, cuando camina, cuando habla con la gente, con tocar las paredes, con pasar los dedos por el tejado, para saber que la casa sigue ahí.

Y cuando, como ahora, que va en avión a Berlín, se siente cansado, cuando se siente muy solo en medio del cielo, cuando el lugar en el que querría hallarse está cerrado con llave en la tierra, bajo la capa de nubes, cuando querría dar rienda suelta a una lágrima para que resbalara por la mejilla pero sabe que no puede, cuando sucede todo esto, Yo da gracias a su casa. Piensa en Tortuga y se mete en su caparazón de oro.

Se tumba en el suelo, cierra los ojos y respira despacio. Abre los ojos y mira la constelación de letras que hay grabadas en el techo; con una especie de suspiro silabea el nombre que forman, lo que en parte lo conforta y en parte le duele. Desde lo alto de ese firmamento que tiene en casa, Esposa lo mira y lo protege. Lee también las cifras, la fecha que hay escrita junto al nombre. Lee esos números uno tras otro, en voz baja: son la combinación, el código que abre la caja fuerte de su buen humor. Y así se queda dormido, con la sien apoyada en la ventanilla.

36. CASA DE LOS RECUERDOS FUGADOS

En cuanto tal, la casa de los recuerdos que huyeron de la memoria de Yo carece de ubicación concreta, está en un pliegue del espacio-tiempo. Es difícil decir si está quieta o en movimiento, si está sujeta a las fuerzas del cielo o de la tierra. La Casa de los Recuerdos Fugados es la caja negra de lo que Yo no recuerda, contiene aquello que hasta la memoria ha expulsado, aunque haya ocurrido. Es lo que le permite a Yo decir constantemente «Yo» sabiendo que miente.

Pensemos en uno de esos aparatos de feria que consisten en una caja de plexiglás y un brazo mecánico con una pinza con el que se intenta coger lo que hay en el fondo cubierto de arena: muñecos de peluche, relojes, gafas de buceo. Pensemos en la ansiedad y el deseo que siente el que maneja la pinza cuando intenta coger el objeto que siempre ha querido.

Veamos ahora la sonrisa de triunfo que pone cuando la pinza atrapa un objeto cualquiera, sube y lo suelta en la caja de los objetos ganados. Y pensamos, en cambio, en la frustración que experimenta cuando el brazo se eleva con la pinza cerrada pero sin nada en ella, salvo algún grano de arena que, al regresar el brazo mecánico a su sitio, cae al vacío.

Tratemos de pensar que la memoria de Yo, por pura simplificación, es esa caja y que sus recuerdos son los objetos que hay entre la arena del fondo. Imaginemos que la pinza mecánica coge recuerdos y Yo ve cómo esos recuerdos se elevan un instante para, de pronto, caer y perderse de nuevo entre los granitos de arena.

Fijémonos ahora en la arena y en los objetos que hay enterrados en ella. Son como un yacimiento y Yo, que no los ve, intenta coger alguno moviendo la pinza. Pues bien: por preciso que sea, por mucha suerte que tenga, por muchos intentos que haga, por muchas monedas que introduzca en la ranura, el brazo mecánico con pinza no sacará nunca esos recuerdos.

Yo no conoce el mundo que hay debajo de la arena, no sabe cuántos objetos, rostros, hechos, hay enterrados en ella. Lo único que sabe es que ese mundo existe. Querría darle golpes a la caja, sacudirlo para mover la arena y ver qué esconde.

Pese a todo, no deja de intentarlo, porque sabe, aunque no lo sepa de verdad, que en la Casa de los Recuerdos Fugados, en el caos de esos recuerdos perdidos, está Hermana. Ella es la reina de ese submundo de arena. Ella, en el silencio de todos esos granos, ve todos los días cómo las puntas de la pinza se abren paso en lo que para ella es un denso y oscuro cielo y desaparecen al poco.

Ahí la ha enterrado Yo y quizá por eso se obstina en excavar, aunque en vano. Lo que no puede saber es con qué esperanza desgarradora Hermana, cada vez que ve aparecer la pinza en el fondo, levanta los brazos e intenta cogerse de ella. No sabe con qué desesperación e ímpetu se abre paso en la oscuridad silenciosa de la arena y trata de agarrarse. Hermana no sabe si lo conseguirá, si Yo la verá emerger de la arena asida al brazo mecánico y sobrevolar ese pequeño mundo de muñecos y juguetes tratando de resistir la fuerza que quiere que caiga. No sabe si lo conseguirá algún día, pero lo intenta una y otra vez porque quiere que la recuerden.

37. CASA DE LA MONTAÑA, 1983

Abuela duerme en la litera de abajo; Hermana, en la de arriba. En la habitación hay otra cama, puesta al lado de la ventana: mismo motivo floral, línea más evolucionada, estilo alpino levemente revisitado; es la cama de Yo.

Hermana duerme sola desde hace unos años, ha elegido la litera de arriba. Duerme con el vacío debajo y casi todas las noches rompe el silencio de la casa con gritos de horror. Cuando los oye, Yo se incorpora instintivamente. Luego vuelve a tumbarse y se tapa la cabeza con la almohada.

Los gritos de Hermana van siempre precedidos por unos gemidos que parecen a punto de romperse y convertirse en llanto. Pero nunca lo hacen, se transforman más bien en jadeos hasta que al final, de pronto, llega el grito. Cuando Yo oye los gemidos, se tapa la cabeza con la almohada y, cuando al fin el grito estalla, lo oye como de fondo.

Es un grito desgarrador, que cada noche parece más fuerte que la anterior. Sale por la ventana, cruza el parque del complejo residencial, repercute en la montaña y vuelve a la habitación debilitado.

Es un alarido de terror, de animal sacrificado.

Yo sabe que Hermana sueña con Padre todas las noches. También Yo sueña con Padre todas las noches, pero no lo dice.

Y es la voz de Padre la que todas las noches, en mitad del grito, se cuela en la habitación y trata de calmar a Hermana. Viene de detrás de la puerta cerrada, del otro lado del pasillo, sale de la puerta cerrada del comedor en el que duermen Madre y Padre.

Hermana ve a Padre en sus sueños, da un alarido de animal sacrificado. De fuera llega la voz de Padre que la llama y quiere tranquilizarla. Yo se tapa la cabeza con la almohada para no oír nada.

Cuando Abuela viene de visita a la Casa de la Montaña, ocupa el vacío sobre el que Hermana duerme.

Esto sucede durante dos semanas, en Navidad. Después la cama vuelve a quedar vacía.

Por la noche, tarde, Abuela llena la habitación de palabras. Yo y Hermana apagan sus luces; la de Abuela sigue encendida. En cuanto la habitación queda a oscuras, Abuela echa por su boca a Abuela Niña, de la que Hermana y Yo casi nada saben. Si por casualidad se le olvida, le piden que la saque.

Entonces, y cada uno desde su cama, la ven salir.

«La tengo demasiado encerrada», dice Abuela.

«Se ha quedado casi ciega, ¡cuando pienso en los ojos que tenía!»

«Solo sale cuando estáis vosotros.»

«Si no, le da vergüenza.»

Abuela Niña vive en la oscuridad; se pasea por la habitación dando saltitos, canta cancioncillas, hace piruetas, brinca en las camas, dice lo que se le ocurre.

136

Cuando está Abuela Niña, la habitación se convierte en una casa enorme: la suya tenía muchos cuartos, cortinas grandes y adamascadas, una servidumbre siempre solícita. Y ella tenía preceptores que le enseñaban a decir y a hacer lo que hay que decir y hacer. La casa de Abuela Niña no estaba en la montaña, sino en el centro de Roma; fue hace mucho tiempo, es un pasado sin testigos.

Al poco, cuando oye que Yo y Hermana empiezan a respirar profundamente, Abuela llama a Abuela Niña; le dice que es hora de dejar dormir a los niños. Apaga la luz y toda la habitación queda sumida en la oscuridad. Algunas noches resuena el eco de la voz de Abuela Niña y se funde con los sueños.

A veces Hermana grita, a veces no. Abuela llama a Hermana cuando esta emite el primer gemido y muchas noches Hermana deja de gemir y se duerme.

38. CASA DEL ARMARIO, 2006

Vemos una mesa, en medio; barata, de madera de mala calidad. Está puesta para tres, con plato sopero, cubiertos, servilleta de papel rojo, mantel a cuadros algo otoñal, vasos desparejos pero de vivos colores. Todo es de vivos colores; efecto pop, aspecto retro de casa de verano.

Vemos a Esposa –aún no esposa– arreglando lo que Hija ha puesto a la buena de Dios. Cuchillo y tenedor están ahora paralelos; la servilleta doblada formando un triángulo debajo del tenedor.

La cesta del pan está puesta encima de una mancha y la tapa.

Esposa va al baño, vuelve al poco maquillada. Arregla otros detalles de la mesa, cuestión de milímetros fundamentales.

Hay un momento en que no ocurre nada. Esposa está en la cocina, hay unas sartenes en el fuego. El momento de suspensión dura unos cuarenta segundos.

Esposa se arranca de pronto, abre la puerta de la habitación del armario, la cierra, corre a la puerta del piso, la abre y se aparta para dejar que entre Yo, que aparece dando un paso, sonriendo y con un ramillete de flores.

Se besan en la cara, Yo arroja la chaqueta al sofá.

Entonces se abre la puerta de la habitación y aparece Hija. Camina hacia Yo apuntándole con el dedo como si llevara una pistola, está dispuesta a saludarlo; le estrecha la mano, dice su nombre y aprieta el gatillo.

Hija tiene una figura clara, la espalda recta; lleva una camiseta que deja ver que ya no es una niña.

Debajo de la mesa se ven cinco pies: dos parejas y un pie desparejado.

El pie desparejado es el más pequeño, lleva un calcetín a rayas amarillas y azules. Está casi todo el tiempo enganchado a una de las patas de la silla; es la cabeza de un felino que se asoma, con la mirada alerta y curiosa, dispuesto a saltar sobre su presa. Es un animal bicéfalo; la otra cabeza está sobre la mesa y es la de Hija.

El primer par de pies va enfundado en unos pantis. Se intuye que las uñas están pintadas de rojo oscuro. Es un pie más relleno que ahusado y guarda proporción con el gemelo, que, un poco más arriba, transmite fuerza y resistencia. No por casualidad se asientan las plantas firmemente en el suelo. Los pies están paralelos y distendidos los dedos.

El segundo par de pies se esconde en el caparazón que son los zapatos de Yo. Las dos tortugas —concha de piel oscura— convergen, las puntas se tocan.

Esta imagen fija dura media hora: los pies de los pantis paralelos, el felino apostado tras la pata izquierda de la silla, las dos tortugas morro con morro.

Después, todo empieza a moverse.

Los pies de los pantis rompen filas: los dedos pintados tienen vida propia, levantan la cabeza. Uno de los dos pies monta a menudo sobre el otro o aparece por detrás y se engancha al tobillo. El derecho se pone de puntillas, el izquierdo oscila a ritmo regular.

Las dos tortugas abren y cierran la formación. No se mueven mucho, pero expresan una especie de alegría constante.

El felino permanece inmóvil, con el pelo un poco tieso. De cuando en cuando, los pies de los pantis desaparecen, se van un par de minutos. Se quedan las tortugas, vigiladas por una mirada.

A la hora o poco más, el felino desaparece también con los pies de los pantis. Las dos tortugas, que se quedan solas, se mueven, empiezan a recorrer el espacio circundante, lo inspeccionan en varias direcciones.

Cuando todo vuelve a ser como al principio y están los cinco pies, los dos pares se mueven ya constantemente y el felino ha cambiado de pata de la silla pero tiene siempre puesta la mirada al menos en una de las dos tortugas.

Poco después, en la terraza, hay tres cuerpos apoyados en la barandilla.

Yo está en medio, Esposa a su derecha, le llega al hombro, se pega a su brazo. Vista por detrás, desde la perspectiva de la casa, Esposa parece un ala de Yo, que este tuviera plegada y fuera a abrir. La silueta, en la oscuridad, parece la de un ángel mutilado, con un ala solo.

Hija está a su izquierda, algo más separada, y hay un hueco entre ambos cuerpos. Son unos pocos centímetros, menos de cinco seguro, quizá solo tres.

Esposa empuja imperceptiblemente a Yo para que ese hueco se cierre. Yo no se resiste, acepta el contacto, que el hombro de Hija toque su brazo.

Para saber lo que en ese momento le ocurre a Yo, habría que leer lo que dice su piel, esas arrugas que le abren completamente los poros. Yo siente un estremecimiento que Esposa cree que es de frío. Lo empuja otro poco, convierte esa presión en protección.

Visto desde la perspectiva de la casa, ahora el ángel está completo. Hija es la segunda ala, más pequeña que la de la derecha.

Esposa, con ese empujón delicado, lo ha completado.

Para saber si es un ángel de verdad, Yo tendría que saltar y arrojarse sobre la ciudad.

39. CASA DE PRISIONERO, 1978

El punto de vista es el primer piso, la trayectoria de la mirada es diagonal. Imaginemos dos ojos que, desde la casa, observan la villa decimonónica que hay enfrente. Ven a una mujer y a un niño paseando; ella es una mujer agraciada; él reprime a duras penas las ganas de correr. Se detienen delante de la verja cerrada, el niño mete los brazos por entre los barrotes, los agita en señal de saludo, aprieta la cara contra el hierro.

Hay que tener en cuenta que las plantas de la terraza podrían obstaculizar la visión, pero la villa está ahí, abajo, y al fondo se ve Roma.

El que mira está dentro y ve a través del diafragma que son unas cortinas, un filtro de tul color crema. El parque, la casa que hay en medio y las fuentes de las que no sale agua se ven, pues, desenfocados.

A través de las cortinas, Roma es un tono de blanco, una nube sin cielo. En cambio, si se mira desde la terraza, más allá de las cortinas, Roma vuelve a tener cielo. Y, con el azul del cielo, todos los demás colores: el verde de las cortinas de los balcones, los amarillos y naranjas de los edificios. Y a lo lejos se ven el Palacio de Exposiciones y la imponente e incongruente iglesia de los Santos Pedro y Pablo. El EUR es el horizonte por el que todas las mañanas sale el sol.

Pero los secuestradores no suelen mirar desde la terraza; la prudencia les impone hacerlo desde detrás de las cortinas, de espaldas al tabique de yeso tras el cual está Prisionero: para este, el sol es una bombilla eléctrica, no existe el EUR ni la villa de enfrente; el barrio de Portuense y la avenida de la Magliana se confunden en un solo ruido de fondo; y no ve el Tíber, que prosigue su camino hacia el mar.

Vista desde el piso, la villa da sobre todo una sensación de abandono. Más que césped y plantas, se ve maleza, hierba que se extiende y lo invade todo.

La villa aún no conoce el destino que le espera. No sabe si se convertirá en un basurero, si sobrevivirá a la bulimia urbanística que cunde en el barrio. La casa no sabe si seguirá siendo lo que es, nada, como parece, si solo servirá para que pinten esvásticas y escudos de la Roma en las paredes, si será madriguera de ratas, propiedad municipal, parroquia o centro comercial.

Por la noche es lugar de conquista, de agujas en vena, de cigarrillos, de coitos; es espasmo de cuerpos, orgasmos jadeantes; es un mar de oscuridad que por la mañana deja paso a la vegetación, a ese desastre natural. Pero aun así sigue siendo un parque, una tregua inesperada en la guerra del cemento.

Ahora los ojos que miran por la ventana del primer piso ven al niño y, a su lado, a la madre, que quiere cogerlo. Son Yo y Madre, que están delante del parque abandonado. Están en el objetivo de la mirada blanca de las cortinas.

No son importantes para el par de ojos. No forman parte de ningún designio de la Historia, ni están a favor ni

143

en contra de la Revolución. Son algo que se mueve, que no tranquiliza pero tampoco amenaza. Madre lleva un cochecito en el que Yo no quiere montar.

Yo corre de aquí para allá por la acera que rodea la villa; a veces se cae, se levanta. Si llora, el de la ventana del primer piso no lo oye. Tampoco oye si Madre le dice algo ni qué le dice, cuando el niño señala el Testaccio y la torre del Gasómetro que se ve a los lejos.

Madre y Yo se dirigen al parque; no forman parte de la Historia, es un día cualquiera. Desde el punto de vista del presente, nada más hay que decir. Luego volverán a casa, a lo mejor directamente a la Casa del Sótano, a lo mejor pasan a visitar a Parientes, a pocas paradas de allí.

Tienen la espalda desprotegida, la nuca descubierta.

MINISTERO DELLE FINANZE
DIPARTIMENTO DEL TERRITORIO
CATASTO EDILIZIO URBANO (RDL 13–4–1939, n. 652)

MODULARIO
F. rig. rend. 487

MOD. **BN** (CEU)

LIRE
200

Planimetria di u.i.u. in Comune di ....~~●●●●●●~~.... via ~~●●●●~~ .... civ~~●●●~~

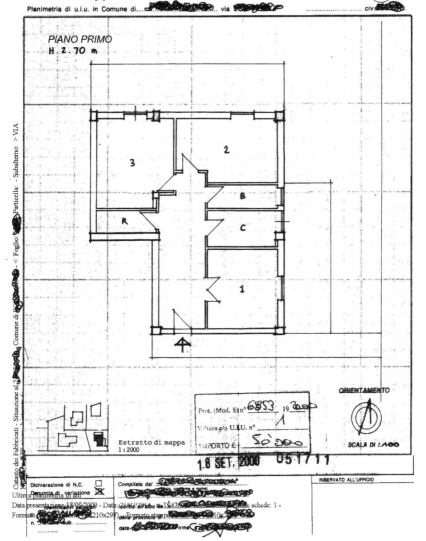

(Planimetria — PIANO PRIMO, H 2.70 m; locali numerati 3, 2, B, C, R, 1; Estratto di mappa 1:2000; ORIENTAMENTO; SCALA DI 1:100)

Prot. (Mod. 8) n° 6853 19 ~~●●●~~

Valore c/o U.I.U. n° _____

IMPORTO £. _____ 50 000

1 8 SET. 2000   051711

RISERVATO ALL'UFFICIO

Dichiarazione di N.C. ☐
Denuncia di variazione ☒
Ultima planimetria in atti

Compilata del ~~●●●●●●●~~

Data presentazione 18/09/2000 - Data: ~~●●●●●●~~ ... delle schede: 1 -
Formato ~~●●●●~~ (210x297) ~~●●●●●~~
n. ~~●●●●~~ sub. ....

data ~~●●●●●~~ firma ~~●●●●●~~

40. CASA PARALELA, 1991

La existencia de la Casa Paralela es sobre todo una vibración que atraviesa las paredes de la Casa de la Montaña. No tiene palabras, lo que le confiere una inmunidad y un secreto que una descripción comprometería. Es el lugar adonde va Padre cuando se ausenta mucho tiempo y Madre se pone a mirar primero el reloj y luego por la ventana, y ve que el coche no está aparcado junto a la acera. Es la inquietud que hace que los platos y vasos se le escurran cuando friega, que los dedos le sangren y que recoja los cristales y los tire al cubo de la basura, en lugar de pensar en el sexo y en que su marido se ha metido en otra cama. Es el lugar del dedo que se cubre con la tirita cuando al final Padre vuelve, va al baño, le pregunta cómo se ha cortado y ella dice que fue sin darse cuenta; luego comen y la sangre reaparece, se sale, cae a la mesa y a la comida.

La Casa Paralela es aquello de lo que no puede hablarse con los hijos y queda, pues, reducida a la vibración de las cuerdas vocales de Padre, que al amanecer o en plena noche se cuela por debajo de las puertas cerradas de la casa. En la cama, normalmente, y a veces en la cocina, el aire tiembla: Yo, adolescente, lo nota cuando tiene la cabeza apoyada en la almohada, choca contra un punto concreto de su pabellón auricular. Levanta la cabeza, reconoce el timbre y sabe que están hablando de ese lugar. Es un lenguaje preverbal y algo extraterrestre, es la voz de Padre desprovista de lenguaje, reducida a ondas. Es, en esencia, el verdadero lenguaje de la especie, el lenguaje con el que el animal se expresa y al que la cría responde.

Es el lenguaje con el que Padre habla y al que Madre contesta con llanto, que es el segundo lenguaje que Yo oye en la otra punta de la Casa de la Montaña. Madre llora y Padre emite esos ultrasonidos, intermitentemente: largas ondas seguidas de un silencio en el que resuena el llanto, seguido de más vibraciones y de más llanto, que esta vez dura menos, seguido de más ultrasonidos, que Padre dirige al órgano de la emoción, el que segrega la tristeza líquida de Madre. Cuando el órgano queda necrosado, cuando la onda ha neutralizado el último sollozo, el llanto cesa y Padre calla. Yo oye los muelles del colchón que chirrían con el forcejeo de los dos cuerpos y luego susurros de Padre, preverbales también, pero que suenan cariñosos. Otras veces, en cambio, es un asalto, sexo que sacude la tristeza contra la pared hasta que la mata del todo y luego calla.

Es por la mañana, Padre y Madre están en la cocina, desayunando. Madre ríe, levanta el dedo en el que lleva la tirita; Padre está satisfecho, la leche también está caliente como a él le gusta. Es domingo, Hermana aún no se ha levantado, Madre se va a hacer la cama. Yo se queda a solas con Padre, hunde en la taza la galleta, que explota en silencio, se deshace y sale a la superficie hecha trocitos de pasta y chocolate. Padre empieza a hablarle de la Casa Paralela, y mira de reojo para ver si viene Madre. Está contento, dice que Madre lo entiende, que se puede hacer, pues en el fondo no le quita nada. El tono es de quien inicia a un joven, no de quien quiere justificarse ante un hijo. En eso vuelve Madre, Padre se levanta, ella lleva su taza al fregadero.

Volverá a oírse vibrar la voz de Padre al amanecer, el llanto, volverá a necrosarse el órgano de Madre y volverán a desayunar. Volverá la Casa Paralela, un lugar con una sola cama, de no se sabe cuántos metros cuadrados, que no figura en el catastro, que no tiene suelo —acaba la cama y empieza el abismo—, que está situado en un punto indeterminado de la ciudad, donde hay asfalto, señales viales, puertas, ventanas y paredes, pero también en el espacio sideral, no sujeto a la fuerza gravitatoria. Volverá. Y habrá más tiritas, más vasos que se rompan en el fregadero, más galletas que se deshagan en la leche; volverán las confidencias, el miedo de Yo a quedarse a solas con Padre y a mirar luego a la cara a Madre sin decirle nada.

41. CASA SEÑORIAL DE FAMILIA, 2018

Abierta la puerta, lo que sobre todo ve Yo son paredes. Vaciar una casa es restituirle las paredes, devolverle a la vivienda el esqueleto de los tabiques, porque habitar en ella es lo contrario: negar la construcción, transformarla en espacio (las imágenes que cuelgan dicen: «Miradnos a nosotras, no miréis lo que tenemos detrás»).

Cuando se vacía una casa es cuando son protagonistas los clavos, concebidos para vivir ocultos, y que solo salen a la luz en estos momentos. Sobresalen de las paredes como antenas de caracol, se asoman a ver: son los ojos del ladrillo, ven que no queda nadie.

Cuando Yo entra, ve el espectáculo de una crucifixión.

En lugar de dejar que los clavos mondos agonicen en el vacío, Esposa los ha usado para crucificar las palabras que Yo, todas las mañanas, durante años, le dejaba escritas en papelitos antes de salir y cerrar la puerta. Eran palabras centinela, vigilaban la casa en su lugar, mientras Esposa yacía en la cama, inerme y abandonada. Todas las veces, Yo cogía una hoja de una torre de post-its.

Escribía «Amor» cuando se disponía ya a salir, con la mochila a cuestas, o cuando, en bóxer y descalzo, sentado en una silla, esperaba a despertarse. A veces volvía a entrar cuando ya iba a coger el ascensor solo para que Esposa no se levantara sin que nadie la recibiera. Las palabras reflejan todo esto, son el encefalograma de su amor, dicen de Yo más de lo que hay escrito. No son nada memorables, claro, solo reafirmaban su amor día a día, posponían la promesa del futuro al momento de la cena. Y, algunos días, lo hacían con un sentimentalismo más explícito.

Amor, me voy, nos vemos esta noche.

Voy a correos, no volveré antes de las 7, pero te quiero.

Las paredes —esto es lo que ve Yo al entrar— están llenas de papelitos rectangulares que parecen mariposas clavadas. Son palabras de Yo que se debaten por pura resistencia: el aire levanta un poco las esquinas, quieren volar pero no pueden.

Amor, buenos días, dice una de las mariposas crucificadas, *te llamo a mediodía.*

Eres mi fortuna, mi resurrección. El clavo desfigura la firma.

Amor mío, no encuentro las llaves del coche, espero que las tengas tú.

Todas las palabras de Yo forcejean. Quieren volar, pero son el estertor confuso de una frase que muere. O de una frase que está ya muerta, que descansa en paz, cuya alma se ha ido ya.

He comido demasiada tarta, perdona, amor, te llamo en cuanto salga.

Todas las habitaciones ofrecen el mismo espectáculo de palabras contradichas por la acción. Los clavos —esto dice Esposa con ese espectáculo— solo crucifican la mentira.

150

Las paredes de la Casa de Familia son la picota del amor que termina.

Pared tras pared, Yo descuelga sus palabras muertas de la cruz. Lo hace con ademán brusco, para evitar que el papel se rasgue más. Cada hojita tiene palabras de días diferentes. Cada una es de un color más o menos intenso.

Yo las pone unas sobre otras, las mete en una cajita de cartón. Seguramente dejará la cajita en la casa y se irá para siempre. La encontrarán los nuevos inquilinos, o los obreros que reformen la vivienda y la pinten de blanco.

La abrirán y verán cuánta vida encierra lo que muere.

42. CASA DEL ESTADO, 1997

Pensemos en las tres vidas de un austero edificio municipal de una pequeña ciudad cercana a Turín y luego imaginémonos a Yo dentro de ese edificio, solo, tumbado en una cama.

Empecemos, pues, colocando una escalinata de acceso: ocho escalones de tamaño regular, la entrada normal de un edificio del Estado. En el interior hay una gran escalera que lleva a la primera planta y las aristas de cuyos escalones los zapatos han ido suavizando: es la prueba de una involuntaria devoción, la subida al reino de los registros, de los expedientes numerados y de los cartapacios.

El resto del edificio municipal son habitaciones. Su número no importa, ni su distribución. Producen un efecto de laberinto: es su repetición y homogeneidad lo que vuelve narcótico el ámbito del poder. Las paredes blancas, los ladrillos marrones, las mesas de madera pintada y con patas de hierro colado y pasacables de PVC producen mareo y un efecto de morfina.

Y ahora que nos hemos imaginado así el edificio municipal, borrémoslo y, en su lugar, pongamos una escuela elemental.

Y es que, según el nuevo plan de desarrollo urbano, el centro de la ciudad quedaba de pronto descentrado y, como el edificio municipal era el centro del poder, el poder quedaba a trasmano y por tanto debilitado. Con este argumento, un nuevo cabildo gana las elecciones, devuelve el centro al verdadero centro y quiere que la ciudad vuelva a ser lo que era.

Y se procede a la mudanza: toneladas de cartapacios, mesas y empleados que se trasladan a un edificio de cristal recién construido, sin concurso público pero con aparcamiento propio, ascensores panorámicos y reconocimiento vocal.

Y, así, en el viejo edificio municipal se instala una escuela: plafones de neón con efecto narcótico constante, ladrillos desportillados, cables kilométricos por dentro y por fuera de las paredes, que evidentemente no cumplen con la normativa.

Esta es, pues, la siguiente vida del edificio: el zumbido constante de la máquina municipal queda ahogado, alternativamente y timbre mediante, por el silencio y el alboroto de los niños. Las paredes, por falta de presupuesto, no se pintan, sino que se cubren de dibujos, hechos al pastel o con rotulador, de familias, animales y paisajes. Los mapas también contribuyen a la causa: el mundo, al menos el representado a escala, se ofrece como alternativa a la derrota del local.

Pero sigue siendo un laberinto. Los despachos se convierten en aulas, las mesas dan paso a pupitres de formica. El edificio sigue respirando imperceptiblemente con el zumbido de la máquina municipal. A partir de las seis de

153

la tarde, hora del cierre, la máquina estatal se pone en marcha. Inaudible al principio, sube en silencio de los cimientos, aumenta de volumen y se extiende por todo el edificio, ocupa todas las habitaciones de ladrillos marrones. Es el amo invisible del lugar: fermenta en el silencio, produce emanaciones de trámites, matrimonios, nacimientos, divorcios y defunciones que se ahogan entre los renglones blancos de los registros, expedientes llenos de sellos y archivados.

Y ahora suprimamos también la escuela.

Imaginemos que se abre una grieta en el techo de un aula. Imaginemos que el techo se derrumba, estrépito, polvo, ladrillos rotos, cascotes. No hay niños muertos ni heridos porque no hay niños: ocurre por la noche. Es el fantasma del poder el que comete el atentado. Veamos un par de sueltos en la prensa local, la baba que se le cae al antiguo cabildo pensando en las siguientes elecciones, y toneladas de informes y carpetas en el nuevo edificio municipal, registros abiertos, sellos, cartas franqueadas.

Entremos ahora en el edificio. Veamos el techo remendado, el estado de decadencia general, las miasmas de la máquina que hierven en silencio. Pensemos que es un laberinto abandonado, sin misterio ni condena, sin fuga. Puertas cerradas, cuartos vacíos y sellados, sin niños, pupitres, empleados ni mesas. Y seguramente todo lleno de polvo y pelusas.

Veamos ahora un cuartito de ocho metros cuadrados con ventana, que primero fue archivo de protestos y avisos de insolvencia municipal y luego, cuando se instaló la escuela, garito del bedel. Coloquemos ahora una cama de un cuerpo o, mejor dicho, un somier y un colchón, y añadamos una manta de color naranja, de tejido basto, en su mayor parte acrílico, calor químico constante.

Arrimemos ahora a la cama una silla de formica verde claro; pongamos sobre esta silla una lámpara de despacho de color metálico con manchas. Veamos una gafas plegadas, un libro y un cuadernito al lado. Y en otra silla, allí cerca, un televisor, un modelo que dejó de fabricarse hace tiempo, en blanco y negro, con antenas en forma de uve. Fijémonos ahora en la cabeza que descansa en la almohada. Es la de Yo, naturalmente. Lleva el pelo largo, que brilla de puro sucio, de pura falta de champú. Tiene las mejillas cubiertas por esa pelusa de los veinteañeros que están deseando que les salga barba.

Está dormido, respira profundamente, inhala las emanaciones del edificio, se hincha de derrota. Tiene los bronquios llenos de burocracia, de lecciones, de colores marrones. Fuera, como siempre, está el resto del mundo, moviéndose. Es la misión oficial que el Estado le ha encomendado en lugar del servicio militar, su destino, la deuda que tiene que saldar con la comunidad.

Es domingo, Yo abre los ojos; una campana, no lejos de allí, da las ocho de la mañana. Sale del cuarto descalzo, el baño está fuera, son los antiguos servicios de los niños, váteres proporcionados a las escuelas.

Se ducha y vuelve al cuarto, los pasos resuenan en el vacío del edificio estatal, repercuten en las puertas cerradas con llave, en el mármol de las escaleras, en los techos desnudos, en los frescos descoloridos. Yo deja todo esto fuera y cierra la puerta. Se tumba en la cama, con la toalla arrollada a la cintura, perlado de agua el cuerpo. Es su primer hogar, su primera casa de adolescente, casi hombre. Siente la embriaguez de haber dejado la provincia. Experimenta una especie de amor por el Estado, de gratitud por la institución.

Coge un libro del suelo, lee unas líneas, vuelve a dejarlo; se levanta y enciende la tele. Visto en el aparato, también el presente parece en blanco y negro, todo parece del mismo pasado: películas de época, lugares que valdría la pena visitar. Yo vuelve a dormirse medio desnudo. Lo despierta poco después –o mucho después– una voz, casi un lamento desesperado, que viene de la tele. Es un hombre de cejas pobladas y blancas que exclama: «Hemos perdido a un poeta», y lo repite una y otra vez, desesperado, ante un ataúd, en medio de la multitud. Grita: «Un poeta debería ser sagrado», pero se le traba la lengua. Yo se incorpora y no entiende cuándo ha pasado eso.

43. CASA DEL SÓTANO, 1977

Es un día de mediados de verano, hace calor. Roma parece exhausta. Se anima un poco por la mañana temprano y por la tarde, cuando refresca. El resto del día se encierra en su calor y calla. De cuando en cuando sopla un poco de aire, pero cesa enseguida: solo recuerda lo bien que se estará cuando vuelva, hace insoportable la espera. Los pájaros emiten chillidos muy agudos, como el filo de un cuchillo arañando un cristal. El cielo que los edificios recortan es como una pantalla en la que nada sucede. Son variaciones de color mínimas, que pasan del azul al blanco y viceversa. Al ocaso se tiñe un poco de rojo, pero dura un momento.

Yo está solo en el patio, con Tortuga.

Abuela, Hermana, Madre y Padre quizá están dentro, pero para Yo nada de lo de dentro existe ahora. Lo de dentro que le gusta está fuera.

Para Yo, solo existe Tortuga: es como un hemisferio que se mueve, no solo un caparazón. Tortuga le enseña que el mundo es un cuerpo que se desplaza.

A Yo le gusta echarse carreras por el patio con Tortuga. Le da siempre un poco de ventaja: la deja salir, alejarse marcando el ritmo con los huesos, y entonces se arranca él a gatas, aunque hace tiempo que aprendió a correr.

Siempre se magulla las rodillas, a veces le sale sangre. Pero le da igual, no le duele, forma parte de la carrera. Competir exige también ese ritual de dolor.

Yo no quiere llegar el primero a la otra punta del patio, como quizá piense Tortuga; no quiere ser el ganador.

Lo que quiere es cabalgar en ella.

Por eso, gritando como un pirata, la alcanza enseguida. Cuando lo oye llegar, Tortuga primero acelera, luego se detiene y deja que la monte.

Y arrancan de nuevo, echan a volar como si fuera lo más normal.

Desde un balcón, desde una ventana, desde una cocina, alguien se asoma y observa el viaje infinito de una tortuga y un niño.

44. CASA DEL SÓTANO, SUCURSAL DE LA PLAYA, 1988

El concepto básico es que la costa, la playa, produce beneficio. Urbanísticamente, supone construir a gran velocidad y con mucho hormigón. Socialmente, la idea de veranear se adapta al capitalismo: ya no es el chalé sino el bloque de viviendas, ya no son unos pocos, pálidos y bien vestidos, sino todos, vestidos igual y morenos según permita la melanina.

El espectáculo es el habitual de las playas: hileras de sombrillas, plantaciones de bienestar puestas en filas, dos en junio y en septiembre, cuatro en agosto. Ya no se ven los vivos colores de los primeros años setenta, sino los colores algo desvaídos de un modelo turístico que declina. Pero sigue existiendo la división en parcelas de colores, según la clase social y la zona de la capital a la que se pertenezca. Roma está a sesenta kilómetros; la Casa del Sótano, a sesenta y ocho exactamente; esta es la sucursal veraniega.

Dentro de cada parcela cromática –azul la playa de la Sirenetta, verde chillón la de la Aurora, por ejemplo–, la distancia al agua marca, a su vez, una clara división social: los profesionales están en primera línea de playa; todos los demás, detrás. Las pocas casetas que hay al final, rodeando la playa, son la prueba del privilegio de que gozan los de la primera línea: son los únicos que tienen acceso a ellas. Tienen un número pintado en la puerta que se corresponde con el de la llave que hay en un colgante. En las casetas hay trajes de baño, toallas y toda case de juguetes de playa, cubos, flotadores, un bote hinchable con bomba de pie y hasta crucigramas.

Esto es lo que ve uno cuando se asoma por el muro desde la calle. La sombrilla de Yo está en mitad de la primera fila, a la derecha. Vista desde ahí, no se distingue de las demás. Es de color verde pálido.

La Casa de la Playa dista unos cien metros de la playa; es una planta baja con dos dormitorios, cocina y un jardín de varios metros cuadrados, con unos rosales. Se pagan dos meses de alquiler, que son un robo, para estar en el cemento con vistas al mar. Pero es el precio que Abuela paga todos los años para que su hijo le perdone que lo haya traído al mundo. Padre la insulta siempre que se siente mal, como castigo. Desea que se muera y luego –dice– se siente bien. Cuando todos se van a acostar, ella empieza a beber. A veces se cae en el pasillo, en mitad de la noche. Yo oye el golpe; no quejidos, solo el ruido de un cuerpo muerto que luego se levanta y se va a la cama.

Pero lo que más le interesa a Yo es el trecho vacío que hay entre las playas de pago. Es la playa gris, en la que los privilegios desaparecen; es la zona a la que van los lugareños. Son puntos aislados, cada cual va con su sombrilla, se tiene una impresión de incomodidad o de gran alegría. Se ven muchos más cigarrillos encendidos, monos de trabajo arrugados, caras pálidas, marcas de camiseta en los brazos; es un mundo menos elegante, en fin: es vida costera de provincias, no de vacaciones en el mar; es la playa como desahogo de las madres, continuación sin ropa de la vida en casa.

Una valla separa la zona gris de las playas de pago. En realidad, es una especie de empalizada o cañizo que les evita a los romanos ver el cuerpo de los lugareños, sus ensaladeras, sus parmesanas, sus chuletas, sus caras con manchas de salsa. O sea, la valla protege a los metropolitanos del prosaísmo de lo cotidiano: para eso pagan la cuota mensual de la playa privada, para eso se aburren en exclusiva bajo la sombrilla, leyendo un libro o un periódico, para eso son la clase dominante. No ver la prosa que el cañizo oculta preserva la ficción, permite descansar a la corteza cerebral. Y además es bueno para el oído: evita el italiano mal hablado, el dialecto romano en su versión paleta.

Donde mejor está Yo es al otro lado del cañizo. Va solo, con un balón, objeto prohibido en las playas de pago. Chuta hacia arriba, cuenta en voz alta hasta que el balón cae, chuta otra vez, dice: «Uno», cambia de pie, le da de cabeza. Así hasta que viene alguien, le pide que le pase el balón y se lo quita con un descaro que, sin embargo, no le molesta. Y empieza el partido.

Esto ocurre a media tarde, que es la hora de los lugareños. Acuden en sus motos, que tienen el tubo de escape lleno de agujeros, y las aparcan en la acera. Yo los espera, deseando tener catorce años como ellos; les envidia la cara marcada por las peleas, las manos estragadas por radiadores, bobinas y llaves inglesas de los talleres, la grasa de los dedos. Les envidia también el apodo, que es lo único que sabe de ellos. Les envidia lo que considera que es vida, la justicia que es robar en pleno centro, la bicicleta repintada y revendida con desprecio en las playas de pago. Y al final le dicen: «Adiós, chico», arrancan la moto y se marchan no se sabe hasta cuándo. No van al centro, ni a las heladerías. Se reúnen al otro lado de la estación, a seis kilómetros del mar, al parecer en alguna casa adosada de la cooperativa, en la avenida Ardeatina, en un punto indeterminado del paisaje.

45. CASA DEL ARMARIO, 2005

La Casa del Armario ha quedado reducida a una sola cama, con una ventana de consolación. Es la cama grande, la de Esposa –que aún no lo es–, donde esta yace todo el día; la de Hija, al otro lado del armario, lleva semanas vacía. Hija entra en la casa todos los días al atardecer. Su ritmo va unido al del sol: cuando este se pone tras las montañas, Hija sube al sexto piso. Muchas veces, el acelerón final, esa prisa misteriosa con la que el sol parece caer a pico, se produce mientras los cables del ascensor elevan la cabina, como si fuera el sol mismo el que hiciera de contrapeso de ese cuerpo tan ligero.

El sol desaparece e Hija abre la puerta de la casa. Y, al poco, la puerta se cierra y los cables bajan por el hueco y hasta el suelo al padre de Esposa y abuelo de Hija. La función de este es abrirle la puerta a la nieta y dejarla a solas unas horas con la madre. Poco después, su coche se destaca de otros que hay aparcados y sale a la avenida; reaparecerá por la misma avenida, pero en sentido contrario, un par de horas después.

Hija se pasa casi todo el tiempo de pie ante la cama de Esposa, mirándola mientras duerme. No toca el colchón ni siquiera con las rodillas. Se mantiene a unos centímetros de distancia, medio ladrillo del suelo: es su margen de seguridad, su puente levadizo, su vía de escape.

A veces coge una silla del salón, la coloca a esa misma distancia y se sienta. No siempre mira a su madre, se distrae mucho. No atrae su atención nada en concreto, a veces es la ventana –por la que primero ve los Alpes y en cuyo cristal, luego, cuando oscurece, se ve a sí misma–, otras, lo que le viene a la mente.

Pero las más veces se mira la piel: se observa el antebrazo o la mano, el vello lanuginoso que los cubre. Se examina los poros de la piel, que parecen cráteres minúsculos, y el punto en el que los pelos atraviesan el tejido y salen. Lo hace de cerca, inclinándose sobre esa plantación de pelos finos pero tiesos, suaves pero enmarañados.

Tras largo rato de observación, Hija levanta la cabeza, cambia de perspectiva. Los músculos de cuello y espalda se contraen y la devuelven al cuarto en el que se halla, la colocan en cierto punto de la superficie, sobre unas baldosas, en medio de los muebles.

Delante, en la cama, como en un marco, tiene el cuerpo de Esposa, que casi siempre duerme. La cabeza reposa pesadamente en la almohada, la cara se contrae con un gesto de abandono sin paz.

La cabeza está casi calva, excepto por algunos mechones aislados. Las cejas solo pueden recordarse, son dos relieves, dos arcos que apenas se marcan sobre las órbitas. Pero lo que más llama la atención es lo que suda, con un sudor que vuelve la piel opaca en vez de brillante y arruga las sábanas. Se ve que es un cuerpo moribundo, casi desahuciado, al que cuesta mucho llamar madre.

Y no se puede pronunciar el nombre de su enfermedad, decir tumor, cáncer. Hacerlo, articular ese nombre, sería de gran ayuda: Hija sabría a qué atenerse, tendría una palabra cuyo mecanismo podría investigar, y no solo un cuerpo en una cama con el que no sabe qué hacer. Pero Hija solo puede hacer eso: observarse el antebrazo, ese vello misterioso que pone de manifiesto la fuerza de la vida, siempre que solo mire eso; o puede también contemplar ese paisaje desolado que se ofrece a su vista todos los días, el cuerpo sin pelo de su madre, efecto del tratamiento, como lo llaman, o también lucha por la vida.

Casi nunca ocurre nada más, solo esta contemplación: para Hija, es el acceso cotidiano al sentido del fin, que brota directamente del seno enfermo de su madre. Es un destete que no tolera sucedáneos, vida homogeneizada y suministrada con cucharilla. Casi lo único que oye Hija es el chasquido de la cerradura, la puerta que se abre y el abuelo que entra, se acerca a la cama y le susurra que es hora de despedirse. Los dos se acercan entonces a la cama en la que yace Esposa. El abuelo besa a su hija en el cráneo y con una seña anima a Hija, que casi siempre la acaricia.

Acto seguido la puerta se cierra. Hija deja que su abuelo le ponga el abrigo, que este coge de la percha en la que cuelga junto a la peluca de la hija. Y todo termina con dos cuerpos en el ascensor: Hija pulsa el botón del cero y ya todo es mecánica de un peso que cae frenado por unos cables.

En cambio, otras veces es mucho más simple: Esposa abre los ojos y mira a Hija, que está sentada en su silla al pie de la cama. Con esto se abate el puente levadizo. No hay mucho que decir sobre lo que ocurre entonces, sino

165

que sucede y no podría suceder de otra manera. Bajado el puente, unido el fuerte con la orilla, Hija entra. Se mete en la cama y se tumba junto al cuerpo de su madre. No hay drama, ni lágrimas que caigan, todo es muy concreto y práctico: Esposa le pregunta si ha hecho los deberes e Hija se hace la dormida.

MINISTERO DELLE FINANZE **26239**
DIREZIONE GENERALE DEL CATASTO D SERVIZI TECNICI ERARIALI

NUOVO CATASTO EDILIZIO URBANO

Planimetria dell'immobile situato nel Comune di

Ditta

Allegata alla dichiarazione presentata all'Ufficio

piano PRIMO

CORT. COMUNE

1

2

BAGNO

INGR. h 2.70 m

Alba O.I.

3

CUCINA

ATRIO COMUNE

4

GIARDINO

Scala 1: 200

SPAZIO RISERVATO PER LE ANNOTAZIONI D'UFFICIO

DATA

PROT. N°

Ultima planimetria in atti

Catasto dei Fabbricati - Situazione al 01/08/2017 - Comune di - < Foglio: Particella: Subalterno:
VIA

46. CASA DEL SECRETO DE POETA, 1981

Lo que, visto por dentro, impresiona es la oscuridad reinante. De cuando en cuando, la puerta persiana se levanta y deja entrever lo que hay dentro: la luz avanza a franjas horizontales.

Lo que se ve fugazmente es una serie de automóviles aparcados aquí y allá. Son coches incautados por el Estado, retenidos por el misterio, por una instrucción que sigue abierta.

Por mucho que penetre, la vista no alcanza a ver la Casa del Secreto de Poeta, que queda oculta en la oscuridad. Es un cupé, un Alfa Romeo que las tinieblas guardan y el permiso de circulación de Poeta custodia. Es el último coche de Poeta, el coche que le sobrevivió después de dejarlo solo, boca abajo en el barro, en el Idroscalo.

La persiana se cierra y el golpe resuena en el ámbito, la oscuridad engulle los coches aparcados. Al mismo tiempo, Roma se enciende con una luz deslumbrante.

Al fondo, milenaria, discurre la vía Apia.

Para empezar, de la Casa del Secreto de Poeta podemos decir lo que la caracteriza dentro del mundo de las mercancías. Se llama Alfa Romeo GT 2000 y se le añade el adjetivo Veloz, que contrasta con su actual estado. Pero es precisamente este adjetivo lo que –por estilo o por debilidad– más gusta a Poeta, campeón absoluto de la relación espacio y tiempo, as del acelerador, quemador sin igual de motores. Y lo más importante es la inscripción en relieve de la placa metálica que lleva fijada al parachoques: Roma K69996. Con este código se inserta en el engranaje del Estado, es lo que impide que la Casa del Secreto escape, lo que permite la identificación de Poeta.

Eso sí, lo de «Poeta» no cabe en la ley, no figura entre las opciones profesionales que el Estado contempla. Por eso pone «Profesor» en el permiso de circulación y en el documento que se extiende con motivo de la incautación, y eso es lo que identifica una clase, el único criterio, al fin y al cabo, que no parece sospechoso.

La Casa del Secreto es de color gris metalizado y tiene la carrocería dañada, aunque no mucho. El interior es de escay color cuero, es decir, de piel de imitación; es el tributo mal disimulado y doliente de Poeta al entusiasmo general por el bienestar.

Lo que contiene la Casa del Secreto oficialmente, es decir, lo que está verificado con la debida firma al pie, figura en una lista que parece un poema burocrático:

Certificado de pago del Impuesto de Circulación;
Tarjeta del seguro;
3 llaves de encendido, portezuelas y otras;
1 triángulo con estuche;
1 gato;
1 llave para las ruedas;
1 llave para el motor;
1 rueda de repuesto.

Al pie de la lista hay tres firmas y, en la cabecera de la hoja, figura el número de registro de la Unidad de Investigación de la Legión de los Carabineros.

Lo que no está en la lista no pertenece al mundo de los objetos. No se encuentra en los asientos delanteros, traseros, bajo el capó, en el maletero ni bajo las esterillas.

Lo que no figura en el atestado es el secreto del coche: los únicos que saben lo que ocurrió y no pueden testificar son el chasis, los ejes, las llantas. Es ese secreto lo que ahora se saca sobre las cuatro ruedas. Sale al descubierto, a plena luz, y el sol pega en el cristal y en el capó metalizado. La persiana se cierra y los coches de dentro vuelven a quedar sumidos en la oscuridad.

Fuera, en la explanada, hay una joven; no importa si está sola o acompañada. Importa que ha venido por el coche que le toca por herencia. Importa, sobre todo, que es una restitución, como hace constar con su firma un funcionario del Estado.

Bajo el cielo de mayo que cubre Roma, la joven hace que el secreto de Poeta cante a la vez que el motor por las calles que de las afueras llevan al EUR sin pasar por el centro. No importa si ella lo escucha, pues ese secreto llena el habitáculo del cupé metalizado, impregna toda la tapicería.

El canto no puede oírse. Es el lamento de Poeta, un hombre cuyo corazón reventó cuando ese coche –que ahora ella conduce por las calles de Roma un día de principios de verano– pasó por encima de él una y otra vez, con sus mil quinientos kilos de peso. Ese canto es su secreto y también el de ese corazón que reventó el día que se cumplían los tres primeros cuartos del siglo XX, a pocos metros de donde el Tíber desemboca en el mar. Es un canto público y privado que nadie puede cantar porque no tiene palabras.

Sí, una palabra sí tiene, una palabra universal y desgarradora, que resuena en el aire como un eco doloroso atrapado en las ruedas: es el último estertor de Poeta que, reducido a un cuerpo moribundo como de animal apaleado, en una noche de noviembre grita al cielo: «¡Madre!»

47. CASA DE LA FELICIDAD, 2009

Es un espacio de felicidad absoluta, de unión de dos personas en matrimonio, y ya solo por eso tendría que quedar fuera de catastros, superficies, permisos, contratos de servicios, mantenimientos.

En este caso, ese espacio de felicidad es un recinto municipal, lo que por definición convierte en algo estadístico toda emoción individual, la enfría en forma de registro, la archiva en carpetas que el polvo cubrirá. O más bien la amplifica, como piensa Yo, la convierte en motivo de orgullo nacional.

Poco hay que describir, más allá del eco rancio pero solemne de una sala de ayuntamiento: hay una larga mesa pegada a la pared y cubierta por una tela de color ocre, y sobre la mesa un micrófono cuyo cable, pasando por debajo de la tela –lo que deja ver que la mesa es de segunda mano–, llega a la pared gracias a un alargador.

Por la ventana se ve una bandera de Italia que ondea en medio del calor estival, perezosamente, en la pared del edificio municipal, un edificio de modestas dimensiones pero de dignidad estatal que se halla en las afueras del área metropolitana de Turín, a veintitrés kilómetros de la Casa de Familia, de la que esta sala es como una embajada.

Dentro, en la pared a la que está arrimada la mesa, cuelga la foto de un presidente de la República Italiana cuyo mandato llega a su fin —y que, por tanto, se ve algo descolorida—, y hay sillas de plástico gris oscuro dispuestas de manera que sirvan para cualquier ceremonia, incluida la presente. En medio hay un pasillo que divide el espacio secular en dos naves.

Enfrente de la mesa hay dos sillas y otras dos para los testigos.

Llega un coche que es la Casa Ambulante, el dispositivo técnico que ha de convertir a Yo, por un lado, y a Esposa e Hija, por otro, en una familia. Una vez que la reacción ha empezado, que la metamorfosis se ha producido, llega el momento de documentarla, de estampar en ella los sellos del Estado.

Ahora todo está claro, porque las tres personas que se apean son personas diferentes. El tiempo ha derrocado ya la dictadura genética que hacía que Esposa e Hija se parecieran y que Yo no se pareciera más que a sí mismo: los tres rostros tienen ahora la misma expresión de sorpresa, desenfado y determinación, e Hija es la prueba de que el milagro se ha operado.

El coche sigue siendo el mismo, no está ni más limpio ni es más bonito, no es uno alquilado, no hay ficción. Y lo aparcan en batería, en una de las plazas señaladas. Solo una hora y media antes estaban en la Casa de Familia enseñándose ropa uno a otro, yendo y viniendo descalzos por el pasillo, Esposa con un sentido del pudor más tradicional —y un vestido escogido en consecuencia—, Hija queriendo tener un aspecto perfecto para que ese día sea una especie de reparación. Yo, por su parte, tiene poco que enseñar y sobre todo pide ayuda: está en la cocina, sentado a dos pasos del fregadero, mientras Esposa –a medio maquillar– e Hija, a ambos lados, le arreglan el nudo de la corbata con más hilaridad que pericia. Él las deja, sabe que el ridículo del que las fotos darán fe imperecedera vale menos que la ternura y quedará más impresa en su memoria la risa con la que Esposa e Hija, hecho el nudo, lo observan a distancia y corren a besarlo.

A todo esto, algunas rachas de viento agitan la bandera y el sol da de lleno en la fachada amarilla del edificio, que parece incandescente.

Yo está de pie junto a su silla y al otro lado de la mesa está el alcalde, todo bronceado. Yo lleva la corbata anudada torpemente.

Los parientes de la novia han tomado asiento en las sillas de plástico que colocara el empleado municipal.

En vano buscaremos a Madre, Padre, Hermana y Parientes entre los presentes.

Así, la mitad de sala que corresponde a Yo está vacía y la otra llena.

Los presentes van bien vestidos y son unos treinta, diez de ellos niños, todos elegantes, algunos con pantalón corto. Por una cuestión de decencia y equilibrio estético, parte de los invitados pasan de una mitad a la otra.

Miremos ahora hacia la puerta.

Está entrando Esposa, cogida del brazo de su padre; es una concesión a la tradición y una forma de autoironía que todo lo salpica.

Yo está solo en medio del escenario.

Imaginemos la emoción que siente, la idea de que se acabó la soledad. La idea gloriosa, blasfema, de ser feliz y estar salvado. Y no digamos nada más. Que quede constancia escrita de que todo esto ocurrió.

48. CASA DEL ABUELO QUE NUNCA EXISTIÓ, 1980

Lo mismo podría estar en la sexta planta como en la novena: el caso es que todo lo que se ve desde allí arriba se ve muy lejos.

Es una casa hecha sobre todo de puertas cerradas; si alguna hay abierta, Yo no la ha visto. En el timbre figuran dos nombres y en la puerta hay una estera con el dibujo de un perro. Esta puerta solo puede abrirla un adulto o dos niños que empujen a la vez; es pesada, blindada, de unos diez centímetros de grosor. Sale a abrirla una mujer que mira a Padre y Madre y luego, bajando la vista, a Yo y a Hermana: es guapa, pelirroja, y lleva una falda que le llega a las rodillas.

La mujer pelirroja los conduce a una sala. Se contonea y los rombos que lleva cosidos en la falda se mueven: Yo los mira por detrás, son como cometas que vuelan en el cielo de tela que se infla.

Es una sala llena de cristales, con tres ventanas seguidas; no se sabe dónde termina la casa y dónde empieza la ciudad.

Al entrar, a la izquierda, hay un espacio con un sofá

azul y dos sillones, una estancia dentro de la estancia. Delante hay un mueble con un televisor apagado y un mando. En el suelo de este espacio hay una alfombra roja. Nada hay ni encima del sofá ni en la alfombra y a la tele acaban de quitarle el polvo. Por delante de esta pasan, y se los ve deformados en la pantalla convexa, Yo, Hermana, Padre y Madre, precedidos por la mujer pelirroja, que se detiene en la otra punta de la sala, junto a una mesa.

La mesa ya está puesta para ocho personas, aunque solo son las once de la mañana. En una silla hay un hombre con gafas; lleva una camisa abierta por el pecho y le salen unos pelos grises; tiene el pelo entrecano y lo lleva apenas peinado.

En ese momento entran dos niñas en la sala, tienen unos diez años las dos y no son gemelas. Dan la mano a todos con educación. A Padre y a Madre les dicen «Buenos días», y a Yo y a Hermana solo «Hola». Se dirigen al hombre llamándolo «Papá».

Él retira la silla con las piernas y se levanta chocando con la mesa. Breve concierto de cristales, sin daños. La mujer pelirroja se inclina hacia las copas y en el cielo de la falda vuelven a volar las cometas.

El hombre, sin hacer caso de la mano que Padre le tiende, y que se pone rígida por seguir abierta, se inclina levemente hacia Yo y Hermana y dice:

–Conque estos son Nietos.

–Son Hijos –dice Padre, que cierra la mano y la retira.

–Yo soy Abuelo –les dice él a los niños.

Les tiende la mano a Yo y a Hermana.

Yo y Hermana se la dan, uno tras otro.

–Y tú serás la madre –le dice a Madre. Y a Padre le dice–: Has envejecido.

–Claro, tenía dieciséis años –le contesta Padre.

–Dieciocho –dice Abuelo.

–Dieciséis –repite Padre. Y añade–: Pero tú sigues siendo igual de mentiroso.

–Venid a ver Roma desde el balcón –les dice la mujer pelirroja a las dos niñas.

Nadie se mueve y Roma se queda también quieta, mirando la escena.

La comida empieza muy pronto, antes de lo previsto; Padre y Abuelo se sientan uno en cada punta. La mujer pelirroja habla con Madre; tienen casi la misma edad pero Madre no se pinta los labios ni se perfuma y no lleva zapatos de tacón.

A los dos bocados, las dos chiquillas se llevan a Yo y a Hermana al espacio del sofá azul. Se sientan en el suelo y no ven a los de la mesa. Están en la alfombra como en una trinchera y al otro lado del sofá, a unos pasos de allí, estallan las granadas de los gritos que Padre le lanza a Abuelo.

Las chiquillas parecen gemelas y no lo son. Tienen pecas, las primeras pecas que Yo ve en su vida. Quizá sonrían, pero Yo no se fija. Solo ve las pecas, el pelo bermejo y las piernas blancas que deja ver la falda, con las rodillas un poco más rosadas.

No son simpáticas pero tratan a Yo y a Hermana con educación.

Hay un tablero de cartón en medio, lanzan dados y mueven fichas.

Las únicas palabras que se dicen, o que Yo recuerda, son: «Te toca.»

Las demás palabras son de los adultos y suenan como truenos. Abuelo contesta a Padre con frases breves, reducidas a lo esencial. «No grites», por ejemplo.

O: «Tienes razón, no has envejecido, te has quedado en los dieciséis.»

O: «Me das lástima, tienes hijos y no sabes lo que es el mundo.»

O: «Ni siquiera sé si soy de verdad tu padre.»

De pronto se oye un puñetazo en la mesa y está claro que lo ha dado Padre. Concierto de vasos, pero esta vez con grandes daños; cristales rotos. Yo no acierta a sumar los números de los dos dados. Las hermanas dicen la cifra. Madre se asoma por el sofá y les dice a Yo y a Hermana que tienen que irse. La comida no ha pasado del primer plato; la pasta ha quedado intacta. Pero hay también una cafetera y unas tacitas llenas de café, para que parezca que la comida empezó y terminó y no se vea el melodrama de una comida de reconciliación fallida. Las chiquillas se levantan enseguida, se adelantan, se despiden en la puerta con su cara cuajada de pecas, dicen a la vez: «Hasta pronto.»

En el coche. Padre pita y da con la mano en el volante cuando los semáforos se ponen en verde. Madre mira el parabrisas, no se sabe si ve Roma detrás del cristal. Yo mira las dos nucas y mira las aceras, los edificios de colores de la vía Cassia, no piensa en nada más. Hermana hace preguntas que nadie responde. Lo único que Yo sabe es que tienen que disolver en ácido a Abuelo también; pero no es difícil, acababa de entrar.

49. CASA DE LA VOZ, 1994

Vista desde un avión, coincide con la Casa de la Montaña. En realidad está situada poco más de cien metros al sur. Puede alojar a una persona de pie, a dos como máximo si son un adulto y un niño. En realidad, es un recinto de plástico, una caja con un teléfono público: un auricular que cuelga de un gancho, un teclado y una ranura por la que se introducen monedas.

Lo más característico de ella es que es transparente. Es el escenario perfecto de la intimidad. Quien se aloja en esa casa se convierte en el protagonista; los que pasan están invitados a ver la puesta en escena de un diálogo privado, a observar, sobre todo, lo que las palabras, dichas u oídas, producen en el cuerpo. En el marco de la caja vertical, la manifestación física de los sentimientos se hace pública. Por ese escenario pasan amores desagarrados, peleas hereditarias, cuentos de buenas noches, chantajes, reivindicaciones de atentados, nombres de niños recién nacidos, notas sacadas en la escuela.

A veces, un balonazo sobresalta al que habla dentro del recinto vertical. Otras, es alguien que da con el puño en la pared transparente, reclamando su turno. Solo entonces se le rompe la ficción a quien habla y por primera vez ve el mundo exterior. El que telefonea se percata del público y siente una especie de vergüenza.

Sin embargo, desde hace unos años, desde que el teléfono particular entró en los hogares, la casa está deshabitada. Yo es el que más la frecuenta, con diferencia. Suele ir después de cenar, cuando la cabina es un recinto de luz en medio del desierto. No hay espectadores, solo oscuridad, persianas cerradas y algún que otro perro. Ahí va Yo casi todas las noches e introduce unas monedas por la ranura. Es el mismo mecanismo de la moneda que hace que se vean las pinturas de las iglesias. Lo que no existía aparece de pronto, el dinero hace que exista, si bien solo el tiempo que marca la tarifa.

Todas las noches, Yo introduce una moneda y hace que exista una voz. Paga para que se encienda una luz en la Casa del Adulterio, en la que Mujer con Alianza vive con Marido y con Gemelos. El bolsillo de los vaqueros lleno de monedas es su deseo de que la voz no cese y la luz no se apague. Mientras tenga monedas, la voz existirá.

A veces, el tiempo se prolonga: la luz alumbra la voz y la estancia. Cae la moneda y se ilumina la escena: Yo puede ver el sillón en el que Mujer con Alianza está sentada hablando por teléfono, ve la mesita, el auricular que se lleva al oído para hablar. Ve, sobre todo, iluminada en medio del escenario, la alfombra sobre la que se aman y jadean.

Mujer con Alianza habla, aunque en voz baja, y deja el teléfono cuando Marido entra en el cuarto o tiene que ocuparse de Gemelos. Les dice: «Hablo con mi madre» o «Con la abuela», tapa el auricular, ahoga las voces. Poco después —o mucho después, según las monedas que Yo lle-

181

ve en los bolsillos–, sigue hablando con la voz de antes, susurrando, y le dice: «Amor mío, tengo que irme.»

Cuelga y apaga la luz que alumbra el fresco.

Al instante, la oscuridad invade el cuarto, desaparecen la alfombra y el sillón. Y Yo vuelve al recinto vertical de la Casa de la Voz, más contento que cuando entró. Abre los dos batientes sabiendo que al día siguiente lo hará en sentido contrario y entrará.

Pero a veces la luz no se enciende ni alumbra la pintura, el milagro de pago no se opera. O, mejor dicho, sí se enciende, pero solo es un relámpago que ilumina un instante la escena: la Casa del Adulterio dura lo que dura un destello, Yo la ve un instante pero enseguida se apaga. Introduce una moneda y no oye la voz que espera, oye el «Diga, diga, diga» de Marido. U oye, lo que es mucho más terrible, el «Diga, diga, diga» bueno, dicho por la voz buena, pero seguido de «Se equivoca de número, lo siento», y en vano dice, una y otra vez, patéticamente: «Te quiero.»

50. CASA DEL SÓTANO, 2001

Tortuga lleva cinco días yendo y viniendo por la casa; su caparazón da en el suelo y es como un metrónomo irregular que marca el ritmo de esos espacios. Es un ritmo que se acelera y se frena imprevisiblemente. A veces, cuando Tortuga se sube a una alfombra, se apaga un momento; luego, cuando Tortuga sigue golpeando los ladrillos, se reanuda. Y a ratos no se oye, Tortuga se queda parada a la sombra de algo. Tortuga lleva una semana sin salir al patio. Es como si el mundo exterior no existiera. El cielo es un tapón cuadrado que cierra el espacio que queda entre los edificios.

De todas las habitaciones de la casa, en la que más a gusto está Tortuga es en el trastero, donde Yo dormía; los pijamas de este están aún en el armario. Y su lugar preferido es debajo de la cama, el último rincón, el de la pared.

En el trastero hay mucha humedad, es un espacio primordial, una puerta a los orígenes. Tortuga entra en él como si volviera a ocupar su puesto entre las especies del principio. Se mete debajo de la cama y es como si se uniera a todos los reptiles del mundo, a amebas y a dinosaurios. Retrae la cabeza y cierra los ojos. Lo hacía también

183

cuando Yo era niño, pero pocas veces y casi siempre sin que él se diera cuenta; iba cuando Yo ya se había dormido y se metía allí debajo; dormían como en literas.

En el techo del trastero hay manchas de humedad de distinta forma y tamaño, repartidas por toda la superficie. Yo apoyaba la cabeza en la almohada y las miraba; con los años, se han formado más y se han extendido; se pasaba horas observándolas, como si fueran nubes en el cielo. Buscaba la forma de un animal, de un coche.

Cuando, estos días, el teléfono suena, Tortuga corre a la cocina; el aparato está sobre una mesita.

Siempre llega tarde, y aunque llegara a tiempo, de poco serviría.

En realidad, ha sonado dos o tres veces, en horario de atención al cliente. Muchas veces vuelve a sonar al poco: Tortuga, en el suelo, levanta la cabeza y mira hacia arriba hasta que deja de sonar. Entonces se mete en su concha y se queda allí, quieta.

En la mesita hay una pizarrita blanca en la que se ven, escritas con rotulador, unas palabras medio borradas difíciles de descifrar: son vestigios de palabras, ruinas que hay que interpretar. Agua; sal gorda; pagar contribución; un número de teléfono de Roma, del que solo se leen las dos últimas cifras; cortinas de baño. En medio, escrito con otro rotulador, IR A VERANO A LA INCINERACIÓN.

Cuando llaman a la puerta, Tortuga acude corriendo por el pasillo.

El caparazón resuena en la penumbra del recibimiento; da pasos largos, regulares, y se detiene a un metro de la puerta. Se queda mirándola fijamente, como hacía en el pasado. Pero los de fuera no pueden oírla y siguen llamando. Los últimos días ha ocurrido mucho y a todas horas.

Primero llaman al timbre y luego a la puerta con los nudillos. A veces es una persona, otras veces son dos; llaman a Abuela por su nombre, preguntan si necesita algo, si pueden ayudarla. La voz femenina suena más amable, la del hombre tiene un tono brusco, amenaza con echar la puerta abajo. Pero siempre desisten; se oye una puerta que se abre y se cierra.

Al poco suena otra vez el teléfono.

El cuerpo de Abuela lleva cinco días tendido en el cuarto de baño, al pie del lavabo; apoya la mejilla en el suelo, estiró el brazo antes de caer, la mano ha quedado abierta sobre la baldosa.

Va descalza, con falda y sujetador.

Desde que la vio, Tortuga la circunnavega a todas horas. Da la vuelta a esa isla que se ha formado en medio de la casa; gira a su alrededor tocando a muerto con el caparazón, una y otra vez.

Cuando pasa por delante de la cara, se detiene. Mira a Abuela a los ojos, unos ojos vacíos que se quedaron abiertos. Tortuga es el único ser que puede hacerlo sin asustarse: mira los iris de Abuela, mira por ellos como se mira por una cerradura. Y lo que ve, al final, a lo lejos, es la muerte de Abuela.

Abuela es el centro de la casa; tarde o temprano echarán la puerta abajo y decidirán qué hacer con ella. Llamarán a un número de teléfono y dirán lo poco que puede decirse de un cuerpo que yace al pie de un lavabo.

Pero hasta entonces Abuela sigue ahí, con Tortuga, que la mira.

También para Abuela, desde hace cinco días, su casa es su tumba.

51. CASA DE LA MONTAÑA, 1984

Es un campo de fútbol y no requiere una larga descripción.

Es reglamentario, o sea, tiene dos mitades rectangulares, dos porterías, dos áreas. Pero está en muy mal estado; tiene poca hierba, la tierra está seca. Se diría que es propiedad y competencia del Estado, pero pertenece a la Iglesia y es un hombre en hábito talar quien controla la entrada, quien lo ofrece como recompensa terrenal al terminar la catequesis.

Hay rodales de hierba, que resisten por pura casualidad. Se han librado del paso del balón, de la suela de las zapatillas: han quedado fuera de la historia de los partidos que se han disputado en ese terreno a lo largo de los años. Pero desaparecerán también, solo es cuestión de regates y contraataques.

Por lo demás, los partidos son puramente arbitrarios: no hay rayas que delimiten las áreas. Las hubo, pero fue en el pasado: una raya blanca que recortó un campo de fútbol en medio de un prado. El tiempo la borró luego y se convirtió en un recuerdo que se transmite: quien la vio sabe dónde estaba, tiene autoridad para hablar de saques de esquina y fueras de banda. Cuando no hay veteranos, se negocia sobre lo invisible. El criterio es, naturalmente, la fuerza física y el miedo. El más fuerte impone su imaginación.

Las porterías son estructuras en ángulo recto y no tienen red; son pura metafísica, algo oxidada también. Delante de cada portería hay un hoyo, un cráter ovalado. Es poco profundo y lo han hecho las zapatillas. Dan fe de la ansiedad y el aburrimiento del portero.

En cualquier caso, el campo de fútbol es parte de un proceso lento de extinción. Se extinguirá, aunque permanezca.

Yo solo va cuando no hay nadie. Lo hace porque quiere estar solo, porque se lo manda su padre y porque no está conforme con las reglas del juego: no toma la comunión en la iglesia ni juega al fútbol con otros.

Por eso va cuando anochece, es decir, cuando termina la ceremonia colectiva del balón y empieza la privada de la cena.

Pasa por delante de las ventanas con el balón bajo el brazo.

En ocasiones, de camino al campo de fútbol, pasa por la escuela. Se queda mirando las ventanas como si escribiera en el margen en blanco de un guión. Localiza una ventana y al otro lado de esa ventana su pupitre, que está vacío como el aula. Siente la tragedia del timbre, de la última vez que suena sobre todo: es una sentencia diaria que lo devuelve a la miseria de un sistema familiar fallido. Pero Yo no piensa eso, deja que lo piense su pie derecho, que la emprende a balonazos contra la pared en una venganza percusiva, los dientes apretados, apuntando a los cristales pero sabiendo que no va a romperlos, con rabia, por vengarse personalmente de ese edificio del Estado que lo expulsa, que no lo retiene en su interior.

Y llega al campo corriendo, listo para lanzar su ataque. El partido dura unos veinte minutos, lo que falta hasta la hora que su Padre ha establecido para la cena. Pero ese tiempo le basta para inventarse miles de personas y gradas. Lleva la equipación del Roma y un 10 en la espalda: es un delantero muy bueno, regatea a todos los adversarios inexistentes. Sabe chutar a la esquina, gritar y levantar los brazos.

Corre por el campo a toda velocidad, comenta el juego en voz alta. Es el cronista de sus acciones, de sus jugadas, de todos los goles. Es el as, el que marca la diferencia cuando está bien situado: es el pichichi de una soledad absoluta.

Alguien lo ve desde el balcón, a lo lejos, cuando anochece. Ve a un niño vestido de amarillo y rojo que corre por un campo y levanta los brazos con aire triunfal. Cuando es hora, se va, corre dándole patadas al balón por el asfalto, extendiendo el terreno de juego hasta el infinito.

52. CASA DE PRISIONERO, 1978

Como vivienda, la Última Casa de Prisionero está debidamente registrada en el catastro, en el timbre figuran unos nombres. Lo que hay dentro y no se ve es un corazón que bombea sangre infecta, putrescente, por todo el país. Lo importante es la decoración, cuidar el detalle, que los muebles hagan juego, que todo se ajuste al estilo del edificio. Hay que desaparecer en la foto, hacerse olvidar, disolverse en el ambiente general. Consta de dos dormitorios, salón y cocina. El salón tiene tres ventanas en sendas paredes. Hay mucha luz, transparencia, lo de dentro se ve desde fuera. Pero por eso tienen las ventanas unas cortinas de tul blancas, colgadas de las respectivas barras. Cuando se las corre, no se ve lo de fuera, que es una terraza rodeada de un seto.

En lo que tenemos que fijarnos es en una estantería que ocupa casi toda la pared del fondo. En esa estantería hay unos libros: no la llenan pero están colocados de manera que ocupen el mayor espacio posible.

No vemos los títulos, no sabemos a qué criterio obedecen. No obedecen a ningún criterio, parece, aparte del de convertir un mueble cualquiera en una librería. Es la impresión que daría al que entrara en el salón o al que mirara desde fuera si no hubiera cortinas o se descorrieran un instante y volvieran a correrse, como si fueran un obturador. La imagen que se le quedaría grabada en la retina sería la de la normalidad.

La estantería está puesta en un tabique hecho con paneles de yeso detrás del cual está Prisionero tumbado en su cama. La estantería es la pared de su cárcel; las palabras, encerradas en los libros, lo tienen cautivo, son los carceleros silenciosos que vigilan detrás de la pared.

Dos veces al día abren una puertecilla disimulada entre los libros y le pasan una bandeja con comida. La estantería es el cordón umbilical de Prisionero, quien se lo come todo porque es lo único que lo mantiene con vida.

Como todos los fetos, nunca está preparado para salir pero quiere hacerlo por instinto; porque, como todos los fetos, sabe y no sabe que lo que lo matará es la vida de fuera, la vida hacia la que todos sus movimientos tienden.

Data presentazione ~~16.10.1960~~ - Data ~~14.02.1997~~ - n. T277688 - Richiedente: ~~...~~

Allegato "A" al cap. hh085/1213.

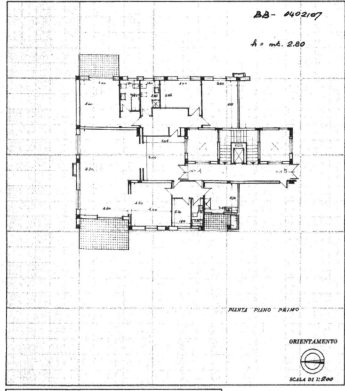

MODELLO
F. - Cat. S.T. - 40

★

Mod. B (Nuovo Catasto Edilizio Urbano)

MINISTERO DELLE FINANZE
DIREZIONE GENERALE DEL CATASTO E DEI SERVIZI TECNICI ERARIALI
NUOVO CATASTO EDILIZIO URBANO
(R. DECRETO-LEGGE 13 APRILE 1939, N. 652)

Lire 20

Planimetria dell'immobile situato nel Comune di ~~...~~ Via ~~...~~ int ~~...~~
Ditta ~~...~~
Allegata alla dichiarazione presentata all'Ufficio Tecnico Erariale di ~~...~~

BB - 0402107

h = mt. 2.80

PIANTA PIANO PRIMO

ORIENTAMENTO

SCALA DI 1:200

SPAZIO RISERVATO PER LE ANNOTAZIONI D'UFFICIO

DATA
PROT. N°   2081470

Compilato dal ~~...~~
(Tecb. cetro e sigtura del tecnico)
~~...~~
Iscritto all'Albo dei ~~geometri~~
della Provincia di ~~...~~
DATA ~~...~~
Firma: ~~...~~

Catasto dei Fabbricati - Situazione al ~~...~~ - Comune di ~~...~~ (H501)
v. 16.
Ultima planimetria in atti

Data presentazione ~~16.10.1960~~ - Data: ~~14.02.1997~~ - n. ~~...~~
Totale schede: 1 - Formato di acquisizione: fuori standard (252X377) - Formato stampa richiesto: A4(210x297)

53. CASA DE PARIENTES, CASA DE LA VALLA, CASA DE LOS TEJADOS, 2005

Ahora se trata de yuxtaponer casas: imaginarnos tres a la vez, ver con visión múltiple.

La primera casa es la Casa de Parientes, a saber, pasillo, entrada, Parientes sentados al fondo, televisor encendido. Veamos también el edificio en el que está y lo que hay alrededor, Roma, y no lejos de allí, como dejan ver los aviones que descienden disciplinadamente, Fiumicino con su aeropuerto y el mar.

Volvamos a la casa, restrinjamos el campo visual: al fondo del pasillo vemos, sentada a una mesa y acodada en ella, a Madre, rodeada de Parientes viejos y de Parientes jóvenes; es una imagen coral. Madre contrae la cara con dolor, aunque no es dolor lo que más transmite. La luz declinante del atardecer tiñe sus mejillas de un rojo suave y apagado; le infunde, diríamos, algo femenino.

Del coro de Parientes, unos están sentados a la mesa en torno a Madre y en actitud de escucha: ojos muy abiertos, músculos del cuello tensos, cara adelantada, párpados fijos, cejas arqueadas.

Otros –Parientes jóvenes, sobre todo– están de pie, tan

cerca que la mesa casi desaparece en medio del grupo, y dos de ellos tienen la mano puesta en el hombro de Madre.

Aun en medio del *pathos* que tiene la escena –sobre todo el rostro de Madre, en el que se pinta un sufrimiento que más bien parece alegría contenida–, la impresión predominante es de alivio. Se diría que han escapado de un peligro; que algo muy malo no ha ocurrido; que sigue siendo algo muy malo, pero que se aleja.

Esto es lo que vemos en Casa de Parientes. Movimiento no hay o es marginal. Lo único animado de la escena son las palabras: movimiento de labios, cosas que se susurran imperceptiblemente al oído.

Un elemento concreto en el que no podemos dejar de reparar es la maleta de Madre, que está a unos pasos de la puerta de la casa. Más que maleta, es un bolso redondo de color beis. No tiene correa sino dos asas de cuero. Por su estilo, parece un bolso de deporte, aunque Madre no tiene nada de deportista. En realidad, así como está, en el pasillo, sola en medio del suelo de mármol veteado de la entrada, indica que lo que ha hecho es huir de Padre.

Y si buscáramos a Padre en la Casa de Parientes no lo encontraríamos salvo en el bolso de estilo deportivo que a todas luces le pertenece.

Ahora, a la Casa de Parientes, a esta imagen de muchas personas que susurran y rodean a Madre, debemos yuxtaponer la Casa de la Valla, que está a setecientos kilómetros al norte, 783 exactamente.

En esta casa, vemos a Padre sentado a la mesa de la cocina. Tiene la cabeza apoyada en los brazos, al lado están las gafas, el hule tiene figuras abstractas de distintos tonos de verde.

Si lo importante fuera esto, podríamos hablar de una

analogía inversa: la mesa, la escena de dolor y el vacío de la casa; por un lado, pues, el grupo, la multitud de Parientes, y, por otro, la soledad absoluta. En esta analogía inversa entraría también lo que hay fuera: el cielo azul de Roma en el que se recortan los edificios, mil tonalidades de naranja, por un lado y, por otro, la valla y el cemento armado. Sobre el cielo del norte de Italia, muy alto sobre los edificios, no hay mucho que decir.

Pero lo que realmente importa de la Casa de la Valla no es Padre, que en este momento es una figura completamente inofensiva. Lo que importa es lo que se ve en las paredes, así como el olor que flota en la casa. Y lo que se ve en las paredes blancas, allí donde no hay cuadros –reproducciones de obras famosas, aunque no las más conocidas– son manchas de suciedad.

Manchas de distintas formas, irregulares. Por muy detalladamente que las describamos, no daremos idea de la violencia que suponen: son unas paredes lapidadas, condenadas a morir pero de pie. Y, en el suelo, vemos los objetos que se han lanzado contra ellas: cáscaras de plátano, una chuleta a medio comer, una caja de leche arrugada, un montón informe de desechos de la cadena de la producción y el consumo. Y, volcado, el cubo de la basura.

Y, por último, a este díptico, sobrepongamos ahora la tercera casa, la Casa de los Tejados, por cuyas ventanas se ve París.

Y veamos a la vez a Yo, que está sentado en el suelo; a Padre, que está sentado a una mesa con la cabeza apoyada en los brazos, y a Madre, que está en medio del coro de Parientes que susurran.

En la alfombra, al lado de Yo, en la Casa de los Tejados, vemos el móvil. No diremos mucho sobre el papel que desempeña el teléfono en el tríptico que estamos describiendo, pero observemos la expresión de angustia que tiene Yo, que apoya la cabeza en la pared.

Y veamos ahora la conclusión, que sigue a no más de un día de distancia.

Primera escena: Madre en un tren, de regreso; se halla a unos cuatrocientos kilómetros de la Casa de la Valla, en línea recta. El bolso, que antes estaba en el pasillo de la Casa de Parientes, lo lleva ahora entre los pies; la expresión que se pinta en su cara es de paz, de alivio y de tranquilidad, porque la huida ha acabado.

Segunda escena: Padre limpiando, se siente aliviado y avergonzado.

Tercera escena: Yo, en la cama, da un grito, tiene el teléfono cargándose en la cocina.

54. CASA DEL ARMARIO, 2006

La consistencia y la duración de la luz son como las del relámpago que ilumina un detalle.

Lo iluminado es la mesa del salón de la Casa del Armario; es una mesita cuadrada, normal y corriente, mal pintada de color olmo. Es pequeña, pero a Esposa e Hija les basta: sentadas las dos, forman una familia, no sienten nostalgia por lo que falta ni que sean imperfectas. Cuando, como ahora, el número de invitados más que duplica el de las anfitrionas, hay que añadir un suplemento.

Se coloca entonces una mesa de plástico, la típica mesa de jardín. Un tiempo blanca, ahora amarillea un poco, pero sigue siendo digna; las cuatro patas son cuadradas y se acoplan. Normalmente está en la terraza y ahora se ha añadido a la mesa del salón.

Esta es, pues, la escena: una mesa larga puesta para ocho personas, luz que ilumina la escena. Es esa hora de la tarde en la que lo de fuera desaparece y los cristales de las ventanas duplican lo de dentro, encerrándolo todo en la visión de un espejo.

La imagen que se refleja es la de una cena que termina: se ven platos con restos de comida, hay algunos apilados en un lado, otros seguramente los han llevado al fregadero, que queda fuera del espacio que ilumina la lámpara que cuelga sobre los presentes.

Quiénes son las personas que hay sentadas a la mesa importa poco o nada. Están, desde luego, Yo y Esposa, es cuando empezaban a salir, al principio del noviazgo; Hija podría estar ya acostada. Pero la que de verdad importa es Esposa: ella es la protagonista de la escena.

Los demás comensales son comparsas y todos rondan los cuarenta, menos uno. Este uno es un hombre de cara chupada y huesuda, de ojos hundidos en las órbitas, pero que sonríe, enseña los dientes, unas encías que retroceden. Da una impresión a la vez de dulzura y desesperación, de quien acepta su fin.

Tiene la nariz aguileña y la cabeza, calva, cubierta por una fina capa de sudor en la que la lámpara se refleja con un brillo fijo.

Este hombre está muriéndose, lo intuimos sobre todo por la amabilidad con la que lo tratan los presentes. Todos los gestos que le hacen son una cuenta atrás, todas las sonrisas que le dirigen clavos que clavan en su ataúd.

Nadie habla de cáncer, ni siquiera con eufemismos; pero todos saben que está destruyéndole los huesos, comiéndosele la columna vertebral.

La palabra que nadie pronuncia es lo que une a Esposa con el hombre. Quizá no se vea claramente, quizá los demás no se den cuenta, pero la mirada de Esposa es diferente. Ella no muestra compasión, hay sinceridad sin afectación cuando le pasa el pan y le dice: «Por favor.»

Yo podría ver todo esto, pero está demasiado concentrado en decir una y otra vez «Yo».

Todo sucede en un momento. El hombre toma la palabra, levanta la copa de vino. Los demás hacen lo mismo con una especie de alivio colectivo, pero el hombre les pide que la bajen.

Dice: «Por favor» para no causar malestar pero causa el doble.

Quiere brindar con Esposa y con nadie más.

Imaginémonos la escena: los dos rostros, las dos copas, todos los demás instantáneamente eclipsados, reducidos a personajes secundarios; y a Yo tampoco lo vemos, desaparece en la oscuridad como los demás.

Mirándola a los ojos desde el fondo de sus órbitas, el hombre le dirige a Esposa una serie de palabras que lo dicen todo.

–Nosotros dos somos los más afortunados que hay aquí –dice.

Este es el relámpago, la visión. La frase es todo un contraataque.

En la oscuridad, la masa avergonzada del ridículo ejército de los sanos enmudece.

55. CASA DE LOS RECUERDOS FUGADOS

En la Casa de los Recuerdos Fugados se oye siempre un zumbido. Incluso cuando cuelga inmóvil, la pinza transmite tensión, una vibración eléctrica, una intención. Es un mecanismo pensado para actuar, para lanzarse al precipicio con la pinza abierta, hurgar en la arena que hay abajo, intentar coger algo, sacar un recuerdo que Yo tenía olvidado.

De noche, sobre todo, trabaja sin descanso. No tiene luz que la alumbre, funciona por obstinación y por instinto, no hay apagón que la detenga. No pensemos solo en Yo, que duerme sin darse cuenta de nada, no pensemos en la idea reconfortante de que un recuerdo devuelto a su sitio pueda completar su ser. Pensemos más bien en ese recuerdo, rehén de la caja de plexiglás, que mira desde dentro hacia fuera. Pensemos en el paisaje que se le ofrece a la vista, al que debería pertenecer.

La pinza ahora desciende, el zumbido aumenta de potencia más que de volumen. Toca fondo y parece vacilar un momento antes de cerrarse. Debajo, justo debajo, Hermana siente el peso de la pinza. Esta está inmóvil, es solo un pedazo de metal que oprime la arena y comprime su aire. Como siempre, Hermana se dispone a asirse de la pinza para que la saquen del olvido, y otra vez, como siempre, será en vano.

De repente suena un trueno, que allí abajo se oye atenuado. Es la pinza que se ha movido, ha abierto más las fauces y ha dado una especie de rugido. Esta vez, Hermana lleva una maleta; normalmente quiere ir ligera, pero, en esta ocasión, si lo consigue, no volverá. Va vestida de niña; así, piensa, Yo la reconoceré, le verá las coletas. En la maleta, con todo lo demás, lleva un fajo de cartas devueltas, en las que le dice que lo quiere, y solo una carta recibida, una que le escribió Yo en la que le decía que no podía mirar atrás, que ella, Hermana, era el miembro que nos dejamos pillado en el cepo para poder salvarnos.

En ese sobre hay también dos fotos. En una, se ve a los dos hermanos bailando en la cocina, tendrán unos diez y doce años, Hermana lo guía, Yo la sigue torpemente y algo cohibido. En la otra se ve el balcón de Hermana, está hecha desde la calle, por la ventanilla del coche, coche aparcado un momento después de salir por última vez –y para siempre– de la Casa de la Valla, con Esposa y con Hija; foto mal hecha, con miedo, en parte despedida cobarde y en parte ejecución.

Cuando ve que la pinza atraviesa el cielo bajo el que está encerrada, Hermana levanta la mano, pero sin convicción. Luego la baja, se suelta las coletas. La pinza hurga a su lado, bastaría con estirar la mano. Y cuando la pinza sube, ella abre la maleta y esparce las cartas por la arena, como quien siembra y abona. Luego se detiene, mira hacia lo alto, ve que la pinza desaparece y el zumbido se apaga.

56. CASA DE ABUELA NIÑA, 1982

Esta casa no podemos más que imaginárnosla. Solo la conoce Abuela; ni siquiera está claro que haya existido, aunque Abuela siempre les hable de ella a Yo y a Hermana cuando se acuestan.

No la sostienen paredes, pues, sino palabras. Tiene por arquitrabe el alfabeto; por cemento, las frases que Abuela pronuncia y con las que Yo y Hermana, día a día, la construyen cuando se meten en la cama y cierran los ojos.

Los signos de puntuación sirven para fijar la estructura: usan las comas como clavos para colgar cuadros, los puntos y coma sirven de refuerzo cuando es necesario, son orificios con tacos. Con los dos puntos pasan los macarrones y los cables eléctricos por las paredes, llevan agua a las tuberías y luz a las habitaciones, encienden las luces de la cocina, la radio transmite canciones grabadas.

Los puntos, por último, fijan las cosas a las cosas.

Y así, a lo largo de los años, les ha enseñado Abuela su casa a Yo y a Hermana. Ella misma, por cierto, no ha vuelto a entrar. Cuando tenía veinte años la echaron y le dijeron que no volviera. Y eso después de llevar veinte años siendo la hija mediana de los Señores.

El motivo de que aquello ocurriera es un secreto que Abuela guardó en una caja fuerte cuya llave se perdió. Pero aquello ocurrió. Desde entonces la casa forma parte de su necrópolis interior.

La Casa de Abuela Niña está en el centro de la ciudad. Es, dice Abuela, como el centro de un compás que fuera la Roma que se extiende alrededor. El resto de la ciudad son los círculos que va trazando el compás: uno de los más pequeños pasa por la Casa del Sótano. Si se abre más el compás, se llega al mar.

Cerca de la Casa de Abuela Niña hay un edificio que tiene dos mil años de antigüedad y es meta de constantes peregrinaciones. Es redondo y tiene columnas corintias, frontón y pórtico. Tiene una cúpula achatada que se ve de lejos, con una abertura redonda en lo alto por la que el cielo, desde dentro, se ve como un disco azul: es un ojo que mira a los que pasan por debajo.

La cúpula, vista desde arriba, parece un caparazón. Hay una tortuga en medio de Roma, suspendida entre los edificios.

En el edificio redondo no hay nada; por eso, dice Abuela, quiere verlo todo el mundo. Nadie entiende lo que encierra; no sabe uno si tiene que ponerse a rezar. De hecho, no se sabe qué hacer; todo el mundo pasa por debajo del ojo abierto. No piensan en lo divino y se mueven como cohibidos, van y vienen, sacan fotos, se susurran al oído.

Allí cerca, a la izquierda según se mira la fachada, está la Casa de Abuela Niña.

Una mañana, Abuela lleva a Yo y a Hermana a que la vean por fuera. Llegan en autobús y andan un poco.

202

De camino entran en el edificio redondo, pasando por la columnata; Abuela les muestra todo lo que contiene. Cuando llegan al centro del templo, ven que, debajo del ojo, hay una mujer y dos niños. Vista desde fuera, la Casa de Abuela Niña son cuatro filas de ventanas. Abuela señala la de arriba, la que queda debajo de la cornisa; la fachada es como una hoja en blanco en la que hay escritas cosas que Yo y Hermana no saben descifrar.

Abuela las lee en voz alta.

«Una vez Abuela era niña y ahora no lo es.»

«Era rica y ahora no tiene casi nada.»

«Vivía en un cuarto piso y no en un sótano como las ratas.»

Poco después esperan en la parada el autobús que los lleve de vuelta a la Casa del Sótano, en la colina. Si les da tiempo, irán a ver el cañón que dispara contra Roma.

Hay más gente esperando; a cada minuto el grupo es más numeroso. Son una multitud en la que no se distingue nada ni a nadie. Abuela está algo apartada y tiene a ambos lados a Yo y a Hermana: es un ángel con dos alas que se ve obligado a caminar. Por eso coge el autobús y se apretuja entre decenas de personas.

Cuando llega a su destino y se apea, las alas se le han arrugado; se las arregla con las manos y se encamina a casa.

57. CASA DE LA VALLA, 2012

El espacio de la casa se reduce a dos puntos de luz, más el del televisor. Lo demás está sumido en la penumbra del atardecer del último día del año.

Por las ventanas se ven las luminarias de las fiestas, pero es poca cosa: es un ejercicio estéril, publicitario, en un barrio al que solo se va a dormir. La mayoría de ellas están en el centro comercial y compensan, aunque acentuándola, la tristeza de los escaparates apagados. Pero la luz es intermitente y confiere cierta animación a la oscuridad de la casa.

Uno de los dos puntos de luz está en la cocina. Es débil y apenas se difunde, es un resplandor que no envuelve un cuerpo entero. Es la luz de la campana de la cocina, con su extractor de humos. Es, pues, una penumbra y además ruidosa.

Ahí está Madre, o, mejor, lo que se ve de ella: la cara y parte del cuello. Tiene la cabeza ladeada y mira fijamente las sartenes que tiene delante. La lucecita de la campana le ilumina las raíces grises del pelo: en el espejo no se ven y aquí parece que surten del cráneo como si fueran una fuente.

El ruido de darles vuelta a los guisos, el chisporrotear de las cebollas, el golpear del cuchillo en la tabla de cortar... Y el sorberse la nariz de Madre por culpa de la cebolla.

Sumida en la oscuridad, como el resto del cuerpo de Madre, está la mesa, puesta para que cenen dos personas, una enfrente de la otra, con platos distintos para los sucesivos guisos, los cubiertos correspondientes, vasos para agua y para vino.

Decir que todo está oscuro sería exagerar: la mesa se ve un poco gracias a la luz de las farolas que, fuera, iluminan el espacio vallado. Es una luz carcelaria que casi no produce sombras; blanca, potente, que se proyecta compacta sobre los seis bloques de cemento armado. Así, por muy bien que uno decore y amueble su casa, por mucho esfuerzo que ponga en alejarse de la estética dominante del cemento, con muebles, alfombras e iluminación, esa luz devuelve a todo el mundo a la realidad del vallado.

Esa luz se derrama sobre la mesa recién puesta, los dos platos, el mantel rojo, la vela que nadie encenderá. Madre no la ve, cuida solo de los detalles, ya ni mira fuera.

El otro punto de luz está en el comedor, contiguo a la cocina; es una lámpara de pie que hay junto al sofá. Es una luz suave, pero la bombilla es muy grande y estropea la gracia del objeto.

Delante está el televisor, encendido; el mando ha quedado abandonado en el sofá, que conserva, inconfundible, la huella del cuerpo de Padre, el hueco donde estuvo sentado. La pantalla, en la penumbra, emite, con un soliloquio eléctrico, un clásico navideño hollywoodiense, interrumpido a ratos por anuncios de coches, champanes, ansiolíticos y comprimidos antiácido. Está a un volumen muy alto, aunque no haya nadie que escuche.

Poco más allá, en la habitación que fue de Yo y de Hermana –y que, quitadas todas sus cosas, se convirtió en sala de estar–, está Padre, cuyo rostro es lo único que se ve en la oscuridad general. Lo ilumina la pantalla del ordenador, que es como una boca de luz abierta, una boca que lo llama: Padre está entregado a lo que ve en ella, teclea, está lejísimos de cuanto lo rodea. El ruido de fondo que hace Madre cocinando no perturba el vacío digital en el que Padre se ha instalado.

El resto de la Casa de la Valla, esta noche y en particular a esta hora, importa poco. Penumbra general –aunque la oscuridad es completa en el baño sin ventanas y en el trastero– sobre el lecho conyugal.

A unos pasos del sofá, está la mesa redonda de las comidas familiares. Caída en desuso, es un objeto aislado que recibe limosnas de luz de dos cuartos, pero en general siempre está a oscuras.

(Llegará la hora de la cena, Madre intentará arrancar a Padre del monitor de luz, Padre no la oirá, los platos esperarán humeando en la cocina. Madre volverá a intentarlo –para entonces los platos habrán dejado de humear–, se sentará en el hueco de Padre, delante de la tele. Aparecerá Padre, apagará la tele. Irá a la cocina y se sentará a la mesa. Madre le calentará el primer plato, se sentará enfrente de él y empezará a comer, en silencio, como su marido. La fuente de pelo gris seguirá manando milímetros de muerte hasta medianoche, momento en que encenderán el pequeño televisor de la cocina y oirán la cuenta atrás con público televisivo.

También este año dirá Madre que llamen a Yo para felicitarlo y preguntarle cómo está, y Padre no contestará. También esta vez saltará una voz grabada que dirá que el número no está operativo. Le mandarán igualmente un mensaje que chocará contra el muro de un número cambiado. Poco después, Padre cogerá el teléfono y, quitándose las gafas y acercándose a la cara el aparato, tecleará un insulto y una maldición. Madre le escribirá algo a Hermana, que al día siguiente les mandará seguramente un formal «Gracias». Recibirán las consabidas felicitaciones de Parientes, que Madre le leerá a Padre en voz alta y Padre no escuchará; Madre les contestará cualquier cosa.

Antes de la una se irán a la cama; cerrarán las persianas de la habitación y la luz de la calle dejará de entrar. En cambio, las persianas de las demás habitaciones seguirán subidas y las farolas del vallado seguirán proyectando melancolía en la casa toda la noche. El móvil se quedará encendido en la mesa de la cocina.

Volverán a intentarlo al año siguiente.)

58. CASA DEL SÓTANO, 2005

A cuatrocientos metros de la Casa del Sótano hay un lago. Se llega a él bajando por una calle que lleva a los viejos barrios populares, que ya no son populares, o no completamente, pero que siguen queriendo lo mismo: ser dignos. Antes del lago está el parque. Lo abren temprano; a veces esperan ante la verja algunas personas o grupos de corredores que, con sus pantalones cortos y sus auriculares, dan saltitos. En cuanto abren, se ve que cada corredor va por su cuenta: son empleados que se han comprado la ropa de correr en tiendas especializadas y han descubierto que si antes de acudir a la oficina se cansan, van más contentos. El jogging le sienta bien al capital.

A esas horas siempre hay también hombres soñolientos con perros. Tienen comprobado que, si sacan a los perros a pasear temprano, no les mordisquean el sofá. Les lanzan palos o piedras con ademanes aún torpes y los perros se los traen tan contentos; aprovechan para telefonear a la amante, si la tienen, o a la madre.

Franqueada la entrada, se sigue por un camino de tierra bajo un techo de hojas, árboles cuyas ramas se extienden más allá de lo que se esperaría a juzgar por el tronco. Se gira dos veces y se llega al lago.

Hace veinte años había nutrias; sumergían casi todo el cuerpo en el agua, se movían como cocodrilos; solo se les veía el pelo y parecían ratas enormes. Tras ellas, el agua se abría como una cremallera. Tenían unos dientes anaranjados y se los enseñaban a los niños, que, acompañados de padres y madres, les echaban pan.

Ahora parece que no hay nutrias. El agua está lisa y solo se encrespa un poco cuando sopla un viento fuerte. A lo largo del camino que rodea el lago, hay, cada diez metros, un banco y una valla de madera más bien endeble. Los niños se asoman por esta valla, llaman con las manos, lanzan al agua pedazos de pan y galletas que les dan sus madres.

Al pie de la valla, en el agua pero ya casi en la orilla, multitud de morros –pequeños, de apariencia casi humana, pero como esculpidos– se tienden hacia los niños. Son decenas de tortugas de agua que nadan y agitan las patas en respuesta a la llamada de los seres humanos. El sol incide en sus caparazones, esas casas de antigüedad remota que parecen mosaicos deslumbrantes.

Las han abandonado unos hijos que se cansaron de ellas después de querer tenerlas cuando eran niños. Las vieron ir y venir por la casa o nadar torpemente en un acuario y decidieron que estaban hartos. Las adoptaron cuando eran pequeñitas y un día, de golpe, vieron que eran gigantes, prehistoria acorazada que se arrastraba por la casa.

Las acoge, pues, el agua del lago, en lugar de las nutrias. Las abandonan allí las madres, en lo que es una especie de rito de liberación: van al atardecer y las entregan a ese sucedáneo de caldo primigenio.

Las tortugas acuden a la orilla cuando ven a las familias que se asoman con la munición alimentaria de los hijos. No tienen hambre, ni quieren que las mimen. Es una respuesta muda de la especie.

59. CASA SEÑORIAL DE FAMILIA, 2019

La Casa Señorial se ha convertido en puro espacio; coincide exactamente con el plano que figura en el catastro. Es decir, solo tiene paredes y suelos: el eco campa a sus anchas, ha vuelto después de tres años y siete meses, cuando lo echaron de la casa al llegar los muebles de Yo y los de Esposa e Hija.

Ahora, liberado, el eco se pasea por la casa vacía. Entró cuando sacaron por la puerta el último mueble –el armario azul de Yo, cuyas piezas, desarmadas, sujetaron juntas con cinta–, se coló antes de que cerraran con llave el vacío.

Lo que primero propagó el eco, pues, fue justamente eso, el golpe de la puerta al cerrarse y el chasquido de la cerradura.

Pero lo que ahora se propaga es el sonido de un transistor y voces. Suenan a la vez sordos y amplificados. La radio está en el suelo y emite música y palabras a ras de él; el eco coge esa música y esas palabras y las difunde por toda la casa. Las ventanas están abiertas pero no afectan al trabajo.

Las voces son extranjeras; se diría que predomina un acento eslavo, pero no es el único, hay un contrapunto latino. Puede que solo sea una voz, que la radio convierte en coro. Cuando canta, a veces se interrumpe, tose y prosigue.

El eco lo reproduce todo fielmente.

Para que el concierto de la casa sea completo, hay que añadir un sonido suave y regular. Es el ruido inconfundible que hace la brocha al pasarla por la pared, la percusión de las cerdas, a la que se suma el sonido líquido de la pintura que se aplica –con cada brochazo– a la pared.

Puntual, pero más espaciado, suena otro ruido, el que hace el cubo de pintura cuando una mano lo levanta y lo deposita un poco más allá en el andamio de madera, ruido que el eco reproduce también, como no podía ser menos.

Si usáramos también el sentido del olfato, notaríamos el fuerte olor a productos químicos y a limpio que flota en el ambiente, a higiene aplicada a las paredes: todo resto de vida anterior, todo retazo de voz que quedó en la casa, atrapada en el polvo de las paredes, es eliminado: la brocha se moja y se pasa, se tapa con cola todo lo que, aunque no se vea, se agita.

Solo esta muerte blanca da nueva vida, aunque es una vida postiza que se ha pintado. Porque la vida siempre es vida aunque solo esté latente.

60. CASA DE LA AMISTAD, 2017

Es un cuarto de pocos metros cuadrados, ya preparado para la noche. Entra la luz de las farolas de la calle y pone manchas en la oscuridad. En el silencio se oye el ruido de fondo de un generador eléctrico que hay en el patio interior del edificio, que es de una pizzería.

Destacan unas hojas blancas que hay colgadas en las paredes. Son dibujos hechos a pastel, predomina el color rosa. Se aprecia una evolución en el estilo y en los temas, los más recientes son de una persona con talento. También el alfabeto ha ido domesticándose y en los últimos dibujos forma un nombre que tiene ya conciencia de firma.

Hay una mesita con una silla debajo. Sobre la mesa hay hojas de papel A4, rotuladores y lápices de colores. Hay una cama arrimada a la pared, al entrar a la derecha. Tiene las dimensiones de una cama pensada para las dimensiones de una niña, es de madera, está pintada de blanco y tiene una barandilla para evitar caídas. La colcha es de color crema y lleva un estampado de hadas de color rosa con corona: esparcen estrellitas por toda la cama, envuelven el edredón en un hechizo estelar.

En la cama yace Yo, un metro ochenta y ocho, según rezan los documentos.

Está en posición fetal, para caber en la cama. La cabeza descansa sobre dos de las hadas estampadas en la funda de la almohada, el pelo se le cubre de polvo de estrellas.

Tiene los ojos abiertos, ve la barandilla de la cama. En el suelo hay una maleta abierta, una maleta tamaño equipaje de mano. Yo la mira desde la cama: es una casa aislada en medio de la noche, una construcción de polipropileno con la puerta abierta. Se entrevén cuellos de camisa, calcetines enrollados, un pasaporte, un desodorante de barra, un par de chanclas sujetas con una goma y una carpeta amarilla en la que pone, con la letra graciosa de Esposa, en rotulador: «Documentos de Yo.»

En un estante hay un corazoncito de plexiglás que irradia una luz rosa, tenue y relajante, más débil que la de las farolas de la calle. Se enciende automáticamente cuando oscurece: Yo se dio cuenta cuando apagó la lámpara de la mesita y no la desactivó. Ahora lo lamenta.

El resto de la casa está sumido en la oscuridad. Es un piso que conoce bien porque ha ido muchas veces. Se presentó a las nueve y media después de pasarse todo el día arrastrando la maleta de aquí para allá sin saber qué hacer, desde que, al amanecer, dejó para siempre la Casa Señorial de Familia. Al final llamó al interfono y lo recibieron dos adultos y una niña, viejos amigos. No tuvieron que decir nada, solo distraer a la niña para que no entendiera plenamente su gesto.

La familia está ahora reunida en el dormitorio de los padres: padre, madre e hija, a la que han readmitido después de que la expulsaran hace un año. La hija le dejó a Yo un libro de hadas, hadas como las que hay estampadas en la colcha, para que durmiera mejor. Luego aclaró que no se lo daba, que solo se lo dejaba esa noche.

214

Dichiarazione protocollo n.~~●●●●●●●~~ del **2 3 OTT. 2015**

Planimetria di u.i.u. in Comune di ~~●●●●●●~~

Via ~~●●●●●●●●●●●●●~~   civ. ~~●●●~~

Identificativi Catastali:
  Sezione: ~~●●●~~
  Foglio: ~~●●●~~
Particella: ~~●●●●~~
Subalterno: ~~●●●~~

Compilata da:
~~●●●●●●●●●●~~

Iscritto all'albo:
Geometri

Prov. ~~●●●●●●~~   N. ~~●●●●●●~~

Scheda n. 1   Scala 1: 200

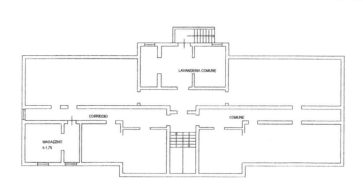

PIANTA PIANO SEMINTERRATO (S1)

PIANTA PIANO SECONDO

ORIENTAMENTO

61. CASA DE LA MUERTE DE POETA, 2010

Se ve desde la perspectiva del jardín, la perspectiva de la Muerte de Poeta, y dando la espalda al árbol de cemento. Se oye el rumor del mar que bate contra el Idroscalo. En teoría, no se puede entrar a esta hora. Hay un cartel en el que pone el horario, de 9 de la mañana a 5 de la tarde. Pero para entrar basta con abrir el mosquetón, soltar la cadena y empujar la verja, sea de día o de noche.

Desde dentro se ven, en este orden, la carretera, llena de parches, edificios construidos con los más diversos materiales, chapa, ladrillo, yeso, pintadas de penes, de escudos de equipos de fútbol ya desvaídos, de esvásticas, de corazones rojos.

Lo que no se ve desde dentro es el laberinto que forma el Idroscalo, trescientos metros más allá. Este dédalo, que limita con el Tíber –o, mejor dicho, con la desembocadura del Tíber–, está hecho de callejuelas en su mayoría de tierra –el asfalto es como una intención del pasado que el presente desmiente– y, como todos los laberintos, da la impresión de que tiene muchas calles, cuando en realidad solo tiene una. Esta calle tiene varios nombres, para confundir al personal: se llama calle de los Aliscafi, pero también podemos ver escrito calle de la Carlinga o calle de los Bastimenti.

Son un conjunto de edificios bajos, casas hechas deprisa e improvisando a lo largo de cincuenta años, unas pegadas a otras, construidas a trozos, con la experiencia que da la calle, un poco de azar, muchos errores y cierto instinto de supervivencia.

No decimos que son chabolas porque se construyeron con otra intención. Las primeras datan de los años sesenta y responden al ambiente del momento: construir para que el país reviviera en el ladrillo, casitas, balcones idénticos, toldos.

Si en otros barrios se construyen edificios de varias plantas, en el Idroscalo no pasan de la primera. No son empresas constructoras, sino manos desnudas e inexpertas. Pero el sueño sigue siendo el mismo: el sueño pequeñoburgués de ser protagonista del progreso teniendo casa propia. Por eso, más que chabolas, son casas que imitan las de la playa, chalés construidos a la buena de Dios, unos seguidos de otros, pero distintos, con su jardincito, aunque descuidado, y su cochera.

Componen el laberinto unas 50 viviendas, según el último censo, en las que viven 53 familias, 17 de ellas con hijos menores de edad. Hay registradas 153 personas, lo que quiere decir que muchas han escapado de la jaula estatal de la identificación, pues hay 94 identificadas, 98 como residentes, 55 como no residentes. También hay censados 36 perros, 9 gatos y 1 caballo.

Ante la Muerte de Poeta, por la calle del Idroscalo, pasa ahora un todoterreno antidisturbios, con las ventanillas enrejadas. Pasa otro, también de la policía, seguido de tres furgonetas de carabineros. El ejército cierra la columna. Imaginemos el estrépito de las ruedas, de las masas de aire que se mueven, de los motores. Y veamos también un helicóptero, aspas que giran sobre el laberinto, niebla segada por las hélices, el espanto de un insecto enorme con motor. A todo esto, la Muerte de Poeta duerme, todo sucede en su sueño, es el pasado que vuelve convertido en bolo, masticado. La araña sigue tejiendo su tela sobre el árbol de cemento, con distinta geometría pero con el mismo objetivo que el de los furgones: el ataque por sorpresa. De la tortuga nada se sabe, es posible que esté aletargada.

Llegan por último, poco a poco, los vehículos con orugas, empieza el desfile de las excavadoras, cuyas cadenas golpean sin tregua el asfalto. Son monstruos torpes, dinosaurios mecánicos, paquidermos con instinto destructor. Llevan la cabeza, el cuello alzado, dispuestos a descargar el golpe, a romper superficies con el morro. Van pasando, amarillos, pesados e imponentes, camino del laberinto.

Cuando han pasado, queda la cola del ruido, y el paisaje que se ve desde los barrotes sigue siendo el mismo: Oriflex, fábrica de colchones y somieres, 065680431.

Poco después, a lo lejos, estallan unos gritos: son hombres y mujeres que, con las manos alzadas, protestan contra el desalojo al que los obligan los dinosaurios mecánicos, los soldados con escudo y casco. La mayoría son mujeres que defienden su casa con su cuerpo, a cara descubierta, que reivindican una geometría distinta de la del Estado, la idea de que todos los seres humanos tienen derecho a una vivienda.

Desde la jaula vemos ahora el desfile en sentido contrario. Los primeros siguen yendo los primeros, los paquidermos van los últimos, llevan las fauces aún manchadas de cemento; los dinosaurios conservan su fuerza gracias al mantenimiento programado. Ha sido solo una incursión, un primer aviso, un desalojo de advertencia, la primera escaramuza de la guerra desigual por el decoro: un ejército contra cuatro desgraciados. La mirada de los que conducen es mirada de jornada laboral que acaba, pero tiene también un destello de satisfacción.

Lo que queda al final, cuando todo calla, es la Muerte de Poeta; cuando cae la noche sobre el Idroscalo y vuelve a oírse el mar. La verja chirría de cuando en cuando, la oyen en el laberinto pero no hacen caso. Es el ir y venir clandestino de quien busca un poco de paz lejos de las farolas. Se sientan al pie del árbol de cemento, a veces se levantan poco después, otras veces no se levantan: es una sobredosis, al día siguiente se los llevan y de nuevo no queda nadie, todo es elegía feroz, vulgar liturgia de la degradación.

62. CASA DEL ESTADO, 1997

Lo absurdo de la situación se siente sobre todo por la noche: Yo abre entonces los ojos al menor ruido, el eco amplifica más que nunca la nada que el edificio vacío contiene. Es una nada inmensa dentro la cual está Yo, en unos pocos metros cuadrados de un cuarto, en un lugar que acumula fracasos estrepitosos, que primero fue –vale la pena recordarlo– edificio municipal, luego escuela y ahora está vacío y sin uso, es un gasto que hay que justificar, un edificio que crea polémica, que siempre está a punto de salir a subasta.

Algunas noches se hacen interminables y el invierno es durísimo; de doce meses, luego reducida a diez, es la deuda que Yo contrajo con el Estado al nacer, pero por la noche tiene la impresión de que es una eternidad, la eternidad más espantosa. Se sepulta bajo varias mantas en lo que fue el garito del bedel, un lugar marginal de un edificio deshabitado, con un televisor en una silla que es como un premio de consolación, coge tres autobuses por la mañana para llegar allí y pasarse el día entre los fogonazos de una fotocopiadora: ese es el precio que tiene que pagar por no coger un único tren nocturno y volverse a su casa de provincias.

Con todo, ese garito de bedel es para Yo una especie de consuelo, vestigio de lo que fue la escuela, y eso que casi no recuerda nada de la escuela, aparte de cierta somnolencia, de un calorcillo sudoroso, de una ecuación que de pronto resolvía o una traducción de latín. Por eso está contento Yo de estar allí, aunque a veces no sepa qué sentido tiene. Será el despertador y no un timbre de escuela lo que al día siguiente lo devuelva a la realidad, pero se hallará en un mundo de recuerdos ya codificados. Antes de dormirse, escribe poesía en un cuaderno que luego deja debajo de la cama, con las gafas y el móvil. Cuando no se duerme, cuando la sensación de absurdo lo embarga, se masturba: el fluido caliente y denso del semen se lleva consigo la actividad febril del cerebro, hace tabla rasa de todo, lo sume al instante en el sueño.

Otras veces sale, como ahora. Da la vuelta al edificio, si hace frío se mete las manos en los bolsillos y encoge los hombros; si está de buen humor, se enciende un cigarrillo o masca un chicle; no ve más que coches aparcados y farolas que parecen vigilarlos, y un asfalto lleno de baches y parches contra el que las suspensiones de los coches libran una batalla cotidiana.

Es la primera vez que entra en el parque; de noche, por cierto, no hay mucho que ver. La fama del lugar lo precede: en medio del parque se halla el enorme edificio del antiguo manicomio, un caserón abandonado: a finales de los años setenta se abrieron sus puertas, Yo no recuerda –pero lo vio, lo encontraríamos en su masa cerebral– el periódico en el que se veían a la vez el cuerpo de Prisionero asesinado y todos los locos de Italia liberados.

A las cuatro de la mañana, el edificio es como un abismo, Yo pasa al lado sin pensar más que en el sueño que le falta. Cuatro horas más y empezará a clarear. Bordea ese monumento a la quiebra psíquica sin más compañía que la estela de humo que deja por detrás y las nubes de vaho y de tos que echa por delante. La nieve que cubre la hierba se ve pálida y reluce bajo el disco lleno de la luna. Los árboles esperan pacientes que el calor de la primavera los envuelva. Los charcos son superficies de hielo que Yo sortea instintivamente.

No hay mucho más que decir: él se considera feliz en medio de esa soledad especial. Se cala el gorro de lana sobre la frente, mira de reojo su sombra, que lo escolta, sale del parque. Sabe que la cafetera eléctrica hará dentro de poco lo que el frío no ha podido hacer contra el sueño. Extenderá las mantas sobre la cama y le parecerá que se ha hecho un hombre. Anotará algún verso en el cuaderno, se creerá poeta.

(No vio, cuando salió del parque, esa mínima parte del manicomio en la que todas las noches hay luz, esas pocas ventanas con reja. Pasó por delante, pero no miró. Seguramente lo vio, pero iba distraído y no hizo caso, quizá un día se acuerde de pronto y se pregunte qué era aquello. Llevaba puestos los cascos —una canción de cuna rock, con guitarra y voz— y no oyó los gritos que salían del edificio y resonaban en el parque.

Yo no se fijó, pero había dos rostros que lo vieron pasar. Detrás de esos rostros había camas y camillas de hospital blancas, olor acre de medicamentos, un par de enfermeros con bata que los cogieron del brazo, los acostaron de nuevo y los durmieron clavándoles una aguja en la vena. Sus gritos desgarradores —como de animales pillados en un cepo— se apagaron y en el parque no se oyó más que el susurro del viento en la nieve.

222

Yo estaba ya en el portal del edificio, metía la llave en la cerradura bostezando. Los empleados de la limpieza empezaban a vaciar contenedores, los primeros coches bordeaban el parque camino de la circunvalación. En pocas horas, el ruido ambiente protegerá los oídos de la gente de los gritos que salgan de aquel rincón del parque, de la boca de aquellos seres olvidados: liberados treinta años antes, siguen allí porque no tienen familia que los acoja y el Estado los cuida, los mantiene y los seda. El parque infantil –hecho para proteger, como se dice, a las generaciones jóvenes– se construyó en la parte de atrás, a suficiente distancia.)

63. CASA SEÑORIAL DE FAMILIA, 2017

El ascensor es transparente, pero es la caja negra del edificio de la Casa de Familia en versión señorial. Solo aparentemente es este objeto de época un dispositivo de control, una caja panóptica que permite a quien va en ella ver quién entra y quién sale de todas las casas. Pues, en realidad, es un espacio de una desnudez absoluta: quien está de pie en la escalera, apoyado en la barandilla, ve con todo detalle a los que bajan y suben en el ascensor: qué postura adoptan, si miran el móvil, si llevan el pelo sucio, si se rascan la oreja, si el perro les mordisquea la punta del zapato, lo evidentemente incómodos que se sienten dos seres humanos obligados a estar en el mismo metro cuadrado. Protegidos por las reglas del teatro, por el espacio cerrado, los vecinos, casi sin darse cuenta, se exponen constantemente. Desfilan por esa especie de columna vertebral en lo que parece un experimento.

En realidad, pues, es un panóptico inverso: no es quien está dentro quien controla a los que viven en las casas, sino quien está fuera, de pie en la escalera, quien lo domina todo con la mirada. Y eso es precisamente lo que determina la función social que tiene la portera en el organigrama del edificio: una función que es, podríamos decir, central. El ascensor es su dispositivo, el instrumento con el que afirma su poder. Ella se encarga del mantenimiento, llama a la empresa especializada cuando es menester, se comunica, desde la planta baja o desde cualquier punto de la escalera, con los técnicos que trabajan subidos a la cabina parada entre dos plantas. Normalmente se coloca más arriba y les habla en tono perentorio, mientras ellos, con su calzado de seguridad y su caja de herramientas, se inclinan sobre los ganchos, comprueban los cables eléctricos y están allí suspendido en el vacío, haciendo equilibrios sobre el lomo de un animal cuyos órganos son un motor y un contrapeso y que se niega a volar.

No es casualidad, pues, que sea ella quien limpie el ascensor. Lo hace todas las semanas, como el resto de la escalera. Se esmera especialmente, como es natural, en los cristales, que constituyen el 80 % del ascensor, siendo lo demás de madera preciada. Hay que limpiar esos cristales, hay que eliminar cualquier opacidad que impida ver lo que ocurre en el interior. Podría ser un instrumento de venganza de clase, de dominio de la clase subalterna sobre los señores, pero en realidad solo es el ojo asalariado de estos, que les informa cumplidamente.

Ahora bien, ese aparato, que ahora cae, frenado, por la espina dorsal del edificio, encierra, expresados en aliento, en moléculas, en silencio, todos los detalles del fin de un amor. A lo largo de los años, ha visto a Yo subir solo, subir con Esposa y subir apretujado con Familia. Los ha visto hablar entre bolsas de la compra, apoyarse exhaustos en las paredes de cristal, maldecirse entre dientes o cogerse de la mano. Ha visto cómo Esposa, después de un temporal, le pasaba la mano por el pelo a Yo, ha visto a Hija sentada en el suelo, ha visto cómo los tres se presentaban a gente sin darles la mano, por falta de espacio. Ha visto a Yo y a Hija hablar mucho al principio, luego cada vez menos. Los ha visto al principio siempre juntos, luego, progresivamente, más veces a Yo solo y a Esposa con Hija. Una tarde noche vio a Yo bajar con un cojín —en el tercer piso sonó un portazo— y al día siguiente lo vio subir con el cojín oculto en una bolsa.

El ascensor sabe más de lo que puede decirse y saberse acerca de por qué un amor acaba, de por qué acaba en cierto momento, de qué ocurre, de cómo un día una rama se parte y una familia se viene abajo de pronto. Conoce el secreto de todo eso, aunque no puede expresarlo, porque no tiene palabras, solo tiene una serie de estratos. Pero ahora podríamos buscar ese secreto en los agujeros que la carcoma ha hecho en la madera, ahora que la cabina está parada en la planta baja y arroja luz sobre el vestíbulo, en el que no hay más que la densa nada de las cinco de la mañana. Buscarlo un minuto después de que Yo, en plena noche, bajara con su maleta de ruedas y un nudo en la garganta, y los tensores frenaran el descenso y evitaran la caída. Un minuto después de que, mientras él se deslizaba hacia abajo, se cruzara con el contrapeso que subía en su lugar.

64. CASA DEL SÓTANO, SUCURSAL DE LA PLAYA, 1992

El trasfondo siguen siendo las vacaciones de verano. Es decir, una vida ficticia, una vida de la que se ha suprimido el trabajo. O también una vida simplificada, para seres humanos pasivos, que no quieren quebraderos de cabeza. (Las instrucciones son simples: cerrar la casa a la que llegan los recibos de los impuestos, mudarse a otra igual que esa pero sin vida, que no da sorpresas, que excluye al Estado, a la que no telefonea nadie, y dedicarse a engordar, convertidos al 20 % en estrellas de cine y al 80 % en jubilados a tiempo parcial.)

Este es el escenario, un escenario hecho concretamente de personas que salen al balcón en camiseta de tirantes, en biquini o desnudas de cintura para arriba, rojas los primeros días y luego bronceadas, y de vaharadas de humo de barbacoa que se cruzan en el aire. Los balcones en cuestión dan al jardín de la sucursal veraniega de la Casa del Sótano, el orgullo y la deuda de Abuela antes descrito, vida ficticia también, pero como de película de terror veraniego, con gritos en plena noche, objetos contundentes que se arrojan, un Padre que intenta en vano destrozar una canoa de policarbonato con una cuchilla de cocina y

227

luego la blande ante Yo, que es un adolescente inconsciente y se asusta, en medio de un coro trágico y de los gritos de Abuela, que exclama: «¡Basta!», levanta las manos y se tambalea, mientras Madre, como siempre, no dice nada, emite una especie de llanto maquinal y deja que pase lo que Dios quiera, sacrifica al hijo para que su marido siga queriéndola; un Padre que golpea a Yo en la cara, repetidamente, derechazos e izquierdazos, incluso con complacencia, reviviendo el machismo de sus años juveniles, y luego lo inmoviliza en el suelo, le apoya las rodillas en los brazos, mientras él, Yo, tendido en la hierba, no entiende nada, una voz –un elemento del coro, solitario, en un balcón– protesta, dice: «¡Suéltalo, si es solo un crío!», y, a trescientos metros, el mar prosigue su ir y venir indolente entre espuma y conchas.

Dicho de otro modo, esos balcones y terrazas son como los pisos de palcos y butacas –la mayoría de los edificios tienen tres plantas– desde los que los veraneantes asisten al teatro. Los primeros días lo hacen con gusto, luego con el fastidio de quien pagó por ver otro espectáculo. De ahí que se quejen al propietario –no era ese el trato– y que salgan cada vez menos al balcón, o que lo hagan de espaldas a la barandilla, que murmuren, que se fumen algún cigarrillo deprisa y corriendo.

Pero existe también el alivio –repentino, inesperado y por eso tanto más reconfortante– que a veces devuelve las vacaciones a los veraneantes que se asoman al jardín. Ocurre ahora y ha ocurrido otras veces: Padre carga el coche antes de que termine el verano, coloca las maletas en el maletero con rabia geométrica y arranca casi sin decir adiós.

Normalmente, esto sucede por la mañana temprano.

Y, unas horas después, Abuela sale al jardín y se sienta en una silla: es el agotamiento inerte de la derrota, una forma maltratada de paz. Pero lo mejor del espectáculo que se ve desde los balcones es el silencio que precede al cierre del telón. Y después llegará septiembre, como todos los años.

65. CASA DEL GASÓMETRO, 2020

La mesa es el mueble principal. Está en la cocina y es el eje en torno al cual gira el resto del cuarto; en cierto sentido es inevitable, hay que sentarse a ella forzosamente. Allí cerca hay una alfombra y un sillón que permiten llamar salón a ese cuarto.

Lo que, sentados a la mesa, vemos por las dos ventanas que hay es Roma: las suaves colinas sabinas al fondo y, conforme nos acercamos, el Aventino, el Tíber y este edificio, perfecto ejemplo del urbanismo de los años setenta, optimización del espacio, volumen dividido en viviendas y construido. A la derecha se ve esa especie de reja monumental que es el Gasómetro, el nuevo Coliseo industrial: inútil, inactivo, devorado por el óxido –que le da su color característico–, es una construcción muy fotogénica, que no estropea el paisaje de fondo y es el nuevo símbolo de Roma.

A la izquierda hay, aunque casi nunca se ven, varios ejemplares de la misma especie: tres gasómetros pequeños de los cuales solo funciona uno, cuyo fuego tampoco se ve. El fuego que en este momento sí vemos, aquí cerca, es uno azul que arde en la cocina, detrás de Yo y de la mesa.

A ese fuego hay puesta una cafetera de tamaño mediano que hierve; también ese fuego se apaga ahora. El resto del piso consiste en otro recinto, cuya puerta está ahora cerrada. Los dos espacios se comunican por una sutil línea recta de ladrillos.

Yo está sentado, tiene el ordenador portátil abierto, las manos en el teclado y una taza, un vaso y una jarra de agua al lado. Ni la taza, ni el vaso, ni la jarra, ni la mesa, ni la silla le pertenecen: la Casa del Gasómetro es un piso alquilado.

El surco que la alianza excavó en el dedo anular de la mano izquierda ha cicatrizado, ya es solo memoria del cuerpo.

Por primera vez experimenta Yo la embriaguez de quien nada posee, de quien ha soltado el lastre que eran sus muebles. La Casa del Gasómetro es, pues, solo un decorado y Yo está sentado en medio del escenario. Soltado el lastre que eran sus propiedades, Yo ha echado a volar: la casa está en el octavo piso, el último que hay antes de llegar al cielo: en realidad, ya es puro cielo para quien mira desde abajo.

En su terraza, las gaviotas se posan un momento y echan de nuevo a volar.

Tener la ventana abierta o cerrada cambia poco. Yo lo comprueba de cuando en cuando, gira la manivela, abre el batiente, suprime el umbral que separa el interior del exterior. Pero en el balcón también reina el silencio: es el mismo silencio que hay dentro, salvo por el ruido del frigorífico, que se percibe sobre todo cuando cesa, porque se siente una especie de alivio. El silencio de fuera, sin embargo, es el de una ciudad asustada, el de una Roma que parece una imagen fija, de calles vacías, de edificios que son como espacio solidificado, de un silencio que parece hecho de cemento armado, salvo porque el viento, al doblar las esquinas, silba un poco.

Roma, pues, sigue siendo Roma, pero es una Roma sin gente en las calles, perfecta para ser fotografiada desde los balcones, donde los ciudadanos se han atrincherado. Solo que nadie quiere fotografiarla, porque la belleza sin seres humanos asusta, revela su carácter inventado y comercial, su vínculo con el capitalismo: si nada hay que vender, poco hay que mirar. También la primavera es triste, las caras de los balcones hacen muecas, los labios se fruncen, las flores tienen algo sórdido, son como órganos sexuales que se exhiben, que se abren por completo, y aunque el cielo sigue siendo azul, lo es inútilmente, es como si la naturaleza física del color hubiera cauterizado la emoción.

Por eso prefiere Yo quedarse dentro. Si todas las mañanas abre la ventana, lo hace más que nada por costumbre. Mira siempre el Gasómetro, las colinas, pero los ojos no se fijan en nada, ya no disfruta de lo que ve. En realidad, abre la ventana para seguir desesperándose. Solo que entonces la glicina lo asalta, el olfato desmiente hasta la peor profecía, lleno como está de vida que se ha vivido, de recuerdo: le trae el pasado como escenario ideal, libre de amarguras, la vida cuando de verdad era vida.

Yo mira las flores, coge la manguera y riega la planta porque así lo manda el contrato, que le rebaja el alquiler a cambio de que cuide de las plantas: es un trato claro que lo libra de la humillación de hablar con los vegetales, de ponerse sentimental con las plantas. Riega un día sí y otro no este abril, pero tendrá que hacerlo todos los días cuando la temperatura suba, cuando llegue el verano, momento en que, como dice la prensa, la gente podrá

232

volver a salir, es decir, podrá volver a morirse de diversas muertes y no solo de la única muerte que mata, la oficial de este año, la causada por acercarnos demasiado unos a otros.

En la cocina, sentado a la mesa, Yo mira la pantalla del ordenador y deja de teclear, suspendidos los dedos sobre el teclado, listos para golpear con un gesto brusco, con una percusión. Solo tiene claro que escribe con el sentido del final.

Las gaviotas pasan volando a ras del balcón; buscan allí el mar, por un leve error de percepción; tendrían que recorrer algunas decenas de kilómetros más, pero no lo hacen, sobrevuelan los edificios con el pico abierto, se abaten sobre las bolsas negras que la gente deja junto a los contenedores, en la calle: es lo único que permite el decreto, tomar un poco el aire al sacar la basura, ver Roma entre desechos del consumo y, con los primeros calores, de la putrefacción.

Del piso de abajo, a través del suelo, suben dos voces. Son como una vibración que nota en los pies. Una de esas voces llega de la primera infancia. Son parte de los sonidos de estas semanas, las familias encerradas, las cuerdas vocales de todo un edificio que vibran cansadas.

Yo baja la tapa del ordenador y se frota los ojos como si acabara de despertar de un largo sueño. Acaba de escribir una frase que ha dejado inacabada: «Piensa que la vida es bella, pese a que...» La borrará seguramente, en cuanto siga escribiendo.

La voz infantil del piso de abajo pronuncia ahora un sonido: repite «yo» una y otra vez, encadenando la sílaba: «Yo, yo, yo...» Se suma la voz de una mujer que dice: «Tú.» Yo escribe «Yo», distraídamente, como si le dictaran. Abajo se oye correr al niño, que sigue gritando el pronombre personal. Yo se levanta, se acerca a la ventana, da con los nudillos en el cristal, quiere llamar la atención de una gaviota, si lo mira le indicará el mar, que está más allá, hacia Fiumicino, se ha parado demasiado pronto.

66. CASA ROJA CON RUEDAS, 1978

El maletero está abierto, el cuerpo de Prisionero yace encogido y va bien vestido. Ahí, a ese reducido recinto de chapa, llega Yo a cuatro patas. El túnel comunica el rectángulo de luz del televisor de la Casa del Sótano con la carrocería de este Renault 4.

Así ha atravesado Yo Roma, inmerso en una lava cegadora, llevado por un flujo incandescente que lo ha arrojado al interior de la Casa Roja con Ruedas. Y ahí dentro, andando a gatas y en pañales, ha visto de cerca cada centímetro del cuerpo de Prisionero, los ojos cerrados, el nudo de la corbata.

Ha visto cómo era esa casa última, el asiento, las ventanas, la lucecita encendida, las portezuelas abiertas; ha visto, podemos estar seguros, las caras que, desde fuera, lanzaban dentro miradas consternadas.

Alguien se habrá inclinado y habrá visto a Yo; otros lo habrán visto en el rectángulo del televisor de sus casas. Pero la mayoría no se ha dado cuenta de nada, no se ha dado cuenta del chorro de luz que arrastraba a los hijos de toda la nación.

Había demasiado ruido para que se oyera nada: sirenas, gritos, un helicóptero que desgarraba el cielo.

Yo mismo no oyó nada y eso que estaba allí. No oyó el ruido del agua de la fuente que había a cincuenta metros de la Casa Roja con Ruedas. Habría bastado dar unos pasos para al menos verla.

Está en el centro de una plaza: tiene efebos, ánforas y delfines y, arriba, cuatro tortugas que levantan el vuelo sobre el agua y buscan el cielo que hay entre los edificios.

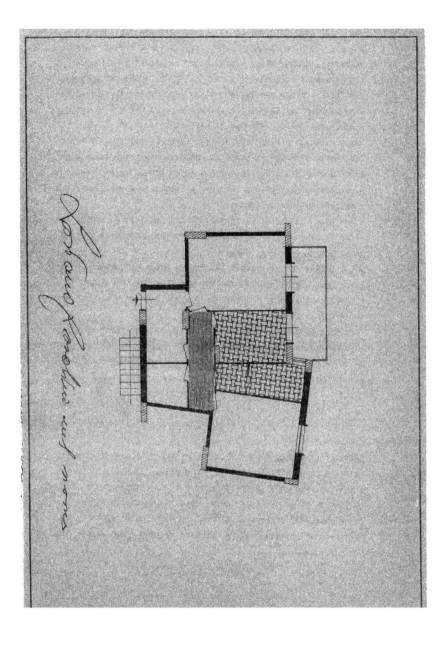

67. CASA DEL SÓTANO, 1975

Uno de los primeros recuerdos de Yo es el de la cara de Hermana. No la recuerda enseguida ni claramente. Todo es al principio confuso, son sobre todo olores, su primera experiencia de las cosas es una maraña sensorial. Y sombras: el mundo es una masa informe que se recorta contra el blanco, la luz y la red en la que Yo ha caído.

Cuando vino al mundo, Yo empezó a sacar todas las sombras del árbol de luz que encontró; todos los días ponía una en el cesto de las cosas; luego se olvidaba.

Pero no olvidó la cara de Hermana cuando entró en casa.

Más que una cara, en realidad es un grito que sale del centro de la tierra cuando ve a Yo por primera vez. Yo es un fardito aún caliente, pero es el artefacto que hace saltar por los aires el reino de Hermana. No estaba previsto, en el contrato de la vida, que el mundo no fuera solo suyo.

Yo es el miedo más profundo de Hermana, y, como todo miedo, proviene del fondo de la especie. En un instante ese miedo se remonta a millones de años atrás, atraviesa cortezas cerebrales, escala huesos, recorre kilómetros de venas y aflora, como agua que mana de la roca, en el presente, en la última pupila dilatada.

Para Hermana, el apocalipsis lo encarna un recién nacido casi ciego.

68. CASA DEL ADULTERIO, SUCURSAL, 1995

La Casa del Adulterio tiene una sucursal que está lejos del centro de la ciudad. Se halla en medio del campo y no figura en los mapas porque oficialmente no existe. Está en la carpeta secreta del catastro, la carpeta de los bienes no registrados, del dinero dado bajo cuerda y del anonimato. Siempre en provincias, donde casi todo es igual.

Que la vea quien pasa por la calle, que vea a un joven –Yo– que entra en ella, que vea a una mujer con una alianza que aparca el coche allí delante y horas después sale y se pierde de nuevo en el paisaje, no cambia la naturaleza inexistente de la casa.

La sucursal de la Casa del Adulterio es, en realidad, una llave que hay escondida debajo de una piedra casi cúbica, aunque no octogonal: la erosión natural ha suavizado las aristas. La piedra está colocada sobre un muro que es también de piedra, es como una excrecencia de este. Uno levanta la piedra, coge la llave y entra en la casa.

Es la llave lo que hace que la casa exista para Yo y para Mujer con Alianza. El primero abre la puerta, la segunda solo tiene que entrar. Cerrada la puerta, la sucursal de la

Casa del Adulterio tiene una fisiología precisa que se pone en movimiento. Pues allí ríen, lloran y hacen el amor.

El hecho de que no esté en los mapas –para Marido de Mujer con Alianza y para Padre y Madre– no significa, naturalmente, que no esté en un lugar, pero es un lugar que se halla situado en el mapamundi de los secretos. Cuando Yo está allí dentro, para Madre y Padre está en el aula de una universidad, como debe ser; para Marido, Mujer con Alianza está haciendo la compra de la semana, con la que llena el maletero del coche y que resulta mucho más barata.

La sucursal de la Casa del Adulterio es, más que nada, un espacio de ficción: es donde Yo, a sus veinte años, vive la película de una vida adulta.

Y el amor es lo que se lo permite. Se equivocaría quien pensara que, en este caso, el sexo es una cuestión de gónadas y endorfinas, de juventud que se clava en el cuerpo de una mujer casada. No es este el motor que lo lleva a mantener una relación clandestina, ni quizá el que lleva a la mujer a desafiar al catolicismo y a la familia.

La sucursal de la Casa del Adulterio es más bien la prueba de lo contrario: es el decorado perfecto para que Yo, un estudiante universitario, ensaye la vida adulta estereotipada, burguesa. Formar una familia, ocuparse de una casa, cortar leña, construir un muro de piedra, hacer trabajitos de restauración y albañilería, reparar fugas de agua, quitar la humedad de las paredes, instalar canalones... Todo son, claro está, chapuzas, pero que funcionan de momento, quizá no por mucho tiempo, pero sí suficiente para que se mantenga la ficción del marido perfecto, dechado de eficiencia.

En la ficción, en ese teatro hecho de ladrillos desiguales, puestos malamente, Mujer con Alianza desempeña el papel de esposa, para el que, por cierto, es muy apta, como consta en los registros del Estado y de la Iglesia. Cuando llega y entra, sabe cómo cuidar los detalles de una casa. De hecho, entra como esposa y como esposa sigue, solo que en versión actualizada, convertida en una esposa llena de imaginación durante media hora, como podría ser la vida si no fuera lo que es.

El sexo, claro, tiene su papel y quizá las acometidas de un veinteañero (perspectiva de Mujer con Alianza) o el arte amatorio consumado (perspectiva de Yo) sean factores decisivos. Pero lo más importante es lo que sucede después del sexo, ese jugar a ser una familia, hacer sitio en el frigorífico, comprar lavavajillas, arreglar el banco, sentarse en él a hablar como si la relación tuviera futuro, aunque no lo tenga.

A final todo termina igual: cierran la puerta, dejan la llave debajo de la piedra. La casa vuelve a ser una ruina en el campo que no merece que la describamos y no describiremos, por respeto a la intimidad.

Yo —normalmente así termina la cosa— sube al coche de Mujer con Alianza. Se pone él al volante para que la ficción se mantenga hasta el último momento y conduce por la carretera provincial mientras ella, sentada al lado, arregla su vida oficial en el bolso. Poco antes del cruce, para, se apea y Mujer con Alianza se desliza de asiento y se pone al volante. Yo saca el bolso universitario del maletero y se despide sobriamente.

Ya queda poco o nada, el teatro termina. Un joven camina por la carretera provincial con un bolso de viaje más bien deforme, da unos pasos hacia atrás y levanta el pulgar para que lo lleven. A veces paran; corre al coche que lo espera más adelante con el intermitente puesto y la ventanilla bajada, sube, dice cuatro cosas propias del chico que es, se apea en la estación y levanta de nuevo el pulgar, esta vez para dar las gracias.

Allí se queda la sucursal de la Casa del Adulterio. Lo poco que queda por decir lo dicen los lugareños y no suele pasar de dos frases, dichas cuando los ven pasar; incluso hacen menos: les echan una mirada maliciosa pero distraída, de quien piensa en otra cosa. El teatro está cerrado y no se sabe hasta cuándo.

69. CASA DE LA ADOLESCENCIA
QUE VUELVE, 2014

Si lo que hace que una casa sea una casa es el contexto, las personas y la disposición de los cuerpos en el espacio, podríamos decir que estamos en la sucursal de la playa de la Casa del Sótano, es decir, en un lugar donde un cañizo divide el mundo en clases; Yo está en esa línea divisoria y la traspasa con un balón: a sus espaldas queda la playa privada y delante, con su estética prosaica, la de los lugareños, algunos de los cuales juegan con Yo por la tarde y luego se van. Y al lado, siempre igual, con variaciones mínimas o grandes, el batir del mar Tirreno.

La única diferencia es que el joven, al que Yo solo conoce por su apodo, no tiene ya pelo en la cabeza y lleva una perilla entrecana, y que los separa el mostrador de un hotel londinense; un hotel con alfombras que conducen hasta el mostrador, cuadros en las paredes y un lujo moderado con profusión de puntos de luz; un hotel como tantos otros, pero de estilo inglés. El joven aún lleva el águila tatuada en el cuello, como Yo la recuerda, solo que ahora esa águila vuela en un cielo distinto: un traje y una camisa blanca que deja ver el ala. Completan el aspecto del joven unas gafas redondas, pasadas de moda hace años, y un aire manso que más bien parece de rabia reprimida.

En el pecho lleva una tarjeta en la que pone su nombre verdadero, que Yo no reconoce. Tampoco lo reconocería a él si, después de una breve pantomima –en la que primero toma nota del pasaporte, responde a Yo en inglés, dice que dispone del fax de la embajada, que ya está todo pagado, que es bienvenido, que este es el plano de la City, que puede llamarnos a cualquier hora del día o de la noche–, si después de todo esto, de pronto, no soltara una carcajada campechana que contrasta con la formalidad anterior y mirando a Yo como quien no da crédito a lo que ve dijera: «¡Hijo de la gran puta!»

Que fuera esté Londres, que ya sea de noche, es indiferente; todo se disuelve en esa frase y en una especie de malestar: Yo no sabe qué hacer, si pasar al mostrador o esperar, al final se abrazan inclinándose, cada uno a un lado del mostrador, y Yo le promete bajar un rato antes de acostarse. Sube al ascensor con su maletita de ruedas, llega a su habitación de la tercera planta, le da una propina al botones senegalés. Se tumba en la cama y sigue teniendo esa sensación de malestar, de hallarse indefenso, demasiado expuesto, exactamente la sensación contraria a la de protección perfecta que deberían dar los hoteles por su condición de embajada, su bendito lujo de casa higienizada de uno mismo.

Prueba a ducharse, se tumba otra vez, solamente con la toalla, y se pone a mirar distraído el plano de la ciudad. Lo punza la sensación terrible de que su adolescencia lo observa, en lo que es un movimiento contrario al que sería natural. Su vida pasada lo mira desde abajo, desde el vestíbulo, y borra la versión de sí mismo que ha ido creándose con el tiempo, sin testigos.

Contaremos también lo que ocurre esa noche: Yo pasa al mostrador, donde lo espera la silla que el Águila le ha preparado. De cuando en cuando el amigo le da una palmada en el hombro para reafirmar su sorpresa. Le explica el sistema de gestión de la salida y llegada de clientes —una tabla con recuadros de colores—, se lo explica con el nudo de la corbata flojo y una especie de orgullo; le habla de ascensos, del favor del jefe y, cómo no, de mujeres, no se come una rosca, como no se la comía entonces, de los dos hermanos era aquel al que solo querían como amigo.

Y de pronto se ve Yo descendiendo al infierno de la vida de provincias, el infierno que no se ve desde la playa: el tráfico de drogas, el taller mecánico amenazado por el hampa, reparaciones pagadas con pastillas y papelinas, el hermano —el guapo, el que se tiraba a todo lo que pillaba por delante— al que hallan dentro del coche, en el garaje, con la cara gris, un tubo que va del escape a la ventanilla y una nota en el salpicadero en la que dice: «Toda la culpa la tiene papá», y, escrito con mala letra: «La vida es una mierda»; nota guardada en el bolsillo durante meses sin saber qué hacer, sin poder enseñársela a los padres, hasta que al final arranca la parte de abajo, la general, por así decirlo; y luego la fuga —o se iba o se volvía peor que ellos, si era verdad lo que decía la nota— y por último Inglaterra, que Dios bendiga este país, «Mira», le dice, señalándose el traje. «¿Y tú qué?», le pregunta a bote pronto, cuando acaba. Y Yo, después de lo que le ha contado, no sabe qué decir, calla. Y al final le enseña el dedo anular y dice, con un orgullo ridículo: «Pues yo me he casado.»

El Águila sonríe, dice «Bien hecho», salen un momento a fumarse un cigarrillo, a un Londres devorado por la luz de una farola. Una hora después llama por teléfono, de hotel a hotel, en plena noche: responde la voz de otro ex-joven, le pasa a Yo, se alegra, le habla desde un hotel de Edimburgo, desde el otro lado del cañizo, le dice: «Estabas en el buen lado y ahí sigues, nosotros aún estamos en el otro, pero no estamos mal.» El Águila está contento, se guarda el móvil en el bolsillo interior de la chaqueta.

Y por fin amanece, con la luz todo sigue igual pero se pone en movimiento. Yo se levanta de la silla, tiene la sensación de que han pasado mil años, la espalda destrozada, los párpados hinchados. Llegan los de la limpieza, se asoman al mostrador, el Águila los saluda, les presenta a Yo, les dice que es de Roma, se arregla el nudo de la corbata porque el jefe llegará de un momento a otro. A Yo le dice que vaya a desayunar, Yo contesta que aún es pronto, el Águila coge entonces el teléfono, pulsa un botón, espera un poco y habla, y mientras habla le guiña el ojo a Yo y sonríe con cansancio, dice: «*A close friend*», y cuelga. «Llama a la puerta donde te dan de comer, yo en media hora acabo y me voy a casa.» Y cuando Yo entra en el ascensor, pone la silla en su sitio.

70. CASA DE LA LEY, 2018

La Casa de la Ley hay que aislarla de cuanto la rodea. Pero tampoco se agota en su estricto recinto: la aislamos, sí, pero no podemos dejar de tener presente todo lo demás, el volumen del que forma parte. La Casa de la Ley es solo una pieza; es una pequeña celda de la inmensa colmena que es la ley. Si, sobrevolando el centro de la ciudad –con los Alpes siempre a la vista, mirando al cielo–, lo vemos desde arriba, es un edificio compacto y enorme.

No responde a ninguna lógica urbanística, no tanto por lo que la ley tiene en sí de incorpóreo –por su carácter burocrático y de poder, condensado en papeles y expedientes, por la artrosis del lenguaje, por el léxico reunido en fórmulas impresas, por el efecto anfetamínico de sentencias leídas con voz monocorde, poshumana– como por la misma distribución de sus volúmenes.

Está ubicado al noroeste de la ciudad, pero forma parte de ella sin solución de continuidad, es inseparable del tejido metropolitano aunque parezca un cuerpo caído del espacio. A él se traslada la Casa de Familia antes de desaparecer para siempre.

Metamos ahora dos cuerpos en ese espacio, el de Yo y el de Esposa, de pie, uno al lado de otro. No describiremos de momento ni el recinto ni la indumentaria de los dos comparecientes, ni hablaremos de las demás personas que hay en la Casa de la ley.

Pensemos más bien en el peso del recinto en el que Yo y Esposa están de pie. Es una sala de 9 × 12 metros de superficie y no menos de 5 metros de altura. Cubiquemos el volumen de la Casa de la Ley. Añadamos –por pedantería de ingeniero– el peso de techo y suelo. El total equivale a 136.400 kilos, 136 toneladas. Pues bajo este peso están de pie Yo y Esposa. Si sumamos el peso corporal de Yo –unos 82 kilos, un poco menos del peso normal– y de Esposa –53 kilos–, el total solo cambia unas décimas.

Comparado con esto, lo demás –la sentencia– es como una pluma. Se produce sin que nada se mueva en un espacio que está esencialmente vacío. Para completar la escena, añadamos dos grandes ventanas en la pared de la derecha: verticales, de dos metros por metro y medio, con un cristal doble y unas cortinas que mantienen en secreto lo que la ley dispone en la sala.

Veamos también tres filas de sillas, de asiento duro, de respaldo cuadrado, de ese tipo común que parece hecho para que se nos olvide enseguida. En esas sillas no se sienta nadie –ahora no hay nadie sentado–, pero no importa: más bien parecen el público perfecto, el público para el que está concebida la máquina legal: la mirada fija, bovina, de un objeto en serie.

Por último hay una mesa, que corre paralela a la pared del fondo. Las dos personas que hay sentadas a ella ocupan muy poco espacio. Pero no es la desproporción lo que impresiona. Es más bien la ropa de verano que llevan y lo morenas que están. La postura que adoptan denota una clara jerarquía: el hombre manda y lo firma todo distraídamente, la joven que tiene al lado es la secretaria, le indica dónde debe firmar y sabe lo que ocurre.

Esposa y Yo están de pie entre la primera fila de sillas y la mesa. El intento de Yo de sentarse, de hacer más retórica la escena, se ve frustrado por el gesto del hombre canoso y en camiseta que ratifica la ley: su mano es expeditiva y dice inequívocamente: «Siga usted de pie.»

El resto es una lectura cansada, cargada del tedio acumulado del verano, que confirma que Yo es Yo y Esposa es Esposa, con sus respectivos códigos fiscales, fecha y lugar de nacimiento, domicilio. Se enuncia sin énfasis la cantidad de dinero que Esposa recibe, la cifra resulta insignificante dicha allí, entre aquellas grandes ventanas, en el vacío general.

(Podríamos hablar más de Yo y de Esposa, decir cómo van vestidos, qué cara ponen, cuánto espacio los separa estando allí de pie, firmes. Podríamos hablar de la tensión que irradian sus huesos y que se traduce en irritación, en algo que es exactamente lo contrario de la confianza; de la inercia de sus manos, que llevan años buscándose instintivamente y que ahora tiene a raya el cerebro, el único que se mantiene frío, que recuerda que lo pasado es pasado y no vuelve. Podríamos hablar del fracaso de ellos y del verano.

Pero fijémonos más bien en sus espaldas cuando salen de esa sala en la que se constatan los fracasos matrimoniales y se los destina a la vida muda de los archivos. Veamos cómo esas espaldas se alejan en medio de la indiferencia general, de los ojos inexpresivos de los funcionarios que miran las carpetas que tienen apiladas delante. Oigamos los pasos y sintamos el tedio sudoroso de la maquinaria estatal que dejan atrás. Miremos esas dos espaldas al menos el tiempo que tarda en leerse esta frase.)

71. ÚLTIMA CASA DE POETA, 1975

No hace falta que nos fijemos en los detalles del plano, en la articulación del espacio de la Última Casa de Poeta. Bástenos recordar –aunque no cambie nada– que está en la parcela 105 y que los planos, a escala 1:1000, están archivados en el catastro con su correspondiente sello de 50 liras.

No hace falta que digamos cómo se comunican las piezas (son muchas, demasiadas, nueve al menos más jardín) porque entre aquellas paredes solo vive una mujer menuda que se mueve poco, casi nada. Sobraría con el salón, la sala de estar y la cocina, además del dormitorio, que está en la otra punta de la casa, y del baño.

Pero en realidad basta con la sala con sofá en la que ahora está sentada en una silla Madre de Poeta.

Pensemos ahora en ese pequeño recinto humanizado que es la casa y a la vez en su enorme contexto metropolitano. Más aún: pensemos en esa sala de la casa y a la vez en el país.

Tenemos, pues, por un lado, suelos, paredes, puertas y ventanas, muebles, una alfombra, un televisor, sillas y mesas; y, por otro, edificios, asfalto parcheado, ramales de autopistas, gasolineras, avenidas arboladas, ancianos de paseo con un perro, tráfico de drogas, mujeres bien vestidas, dignidad de barrio, basura que se acumula los fines de semana; más en general, Roma, la cúpula de San Pedro, terrazas, putas en la carretera de la playa; y, ampliando aún más el punto de vista, toda Italia, desde Venecia al Mediterráneo.

Pensemos ahora en el ruido, en la explosión de palabras con las que se anuncia al mundo la muerte de Poeta. Pensemos en cómo el cuerpo masacrado de Poeta se deposita cual ceniza de lava en todas las casas, en los balcones, en la cabeza de quienes caminan por la calle. Pensemos en cómo la muerte de Poeta se deposita en la cúpula de San Pedro, en los cristales de las gafas, en las escotillas de los barcos, en las guarderías, en los zapatos de los niños, en las uñas pintadas de las madres, en el cristal de los relojes de las estaciones, en los pasillos de los hospitales, en la Mole Antonelliana, en el estrecho de Mesina.

Pensemos en la prensa y en la televisión, en el dolor que se repite, en los rumores, en el rostro desfigurado, en la sábana que cubre el cuerpo, en la indecencia de no tapar los zapatos. Y, una vez pensado todo esto, multipliquémoslo por cien y por mil, hasta la náusea de tantas y tantas imágenes y palabras.

Y ahora volvamos al salón.

Sentada en una silla hay una mujer menuda, una madre. Que se levante y se pasee por la casa o se esté sentada es cosa que no importa.

Pero la tele está apagada, no hay periódicos.

El cable del televisor está desenchufado.

Está enchufado en todas las demás casas del país, abre ventanas luminosas en dormitorios y salones.

Pensemos que eso –desenchufar el cable– es un acto desesperado, que se sabe abocado al fracaso, de protección por parte de los amigos.

Pensemos en lo mucho que ese silencio le oprime las sienes, en la expresión de unos ojos que no saben; en el estruendo sordo del pensamiento que no estalla; en lo que para la mente es falso y es verdadero.

Pensemos en lo que significa un hijo que sigue vivo para ella pero acaba de morir para todo el mundo.

Men B (Nuovo Catasto Edilizio Urbano)

MINISTERO DELLE FINANZE
DIREZIONE GENERALE DEL CATASTO E DEI SERVIZI TECNICI ERARIALI

Lire 50

39 NUOVO CATASTO EDILIZIO URBANO
(R. DECRETO-LEGGE 13 APRILE 1939, N. 652)

Planimetria dell'immobile situato nel Comune di ███████ Via ███████ n° ███

Ditta ███████ ███████

Allegata alla dichiarazione presentata all'Ufficio Tecnico Erariale di ███████

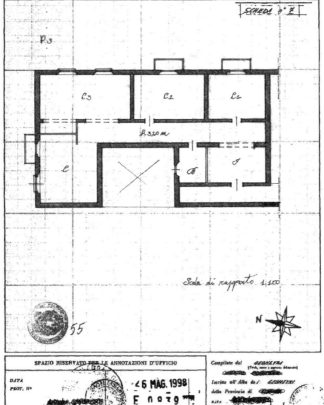

SCHEDA N° 2

P.3

C.3   C.2   C.1

H.3,20 M

Scala di rapporto 1:100

N

55

SPAZIO RISERVATO PER LE ANNOTAZIONI D'UFFICIO

DATA
PROT. N°

2 6 MAG. 1998
E 0 0 7 9

Compilato dal GEOMETRA

Iscritto all'Albo da n° GEOMETRA
della Provincia di ███████
DATA
Firma:

Ultima planimetria in atti

Data presentazione ███████ - Data: ███████ n. ███████ - Richiedente: ███████
Totale schede: 1 - Formato di acquisizione: A3(297x420) - Formato stampa richiesto: A4(210x297)

72. CASA DE TORTUGA, 2048

Ya no es única, ya no es una vivienda independiente con patio.

Así era antes: para Tortuga era como un premio de consolación: no estaba Yo, pero había un jardín en forma de lechuga. La lechuga caía del cielo todas las mañanas, en silencio, sin palabras que la acompañaran. Era un meteorito que caía periódicamente en el barrio. Lo precedía siempre la punta de una zapatilla, el empeine de un zapato, seguidos de un talón.

Pero no caía por generosidad, no era un gesto hecho con sentimiento. Formaba parte del mantenimiento de la casa, como encender las luces o poner la lavadora. Tortuga era un ser del Triásico que había en el patio, prehistoria que heredaban los que compraban la casa.

El abandono produce, en general, o victimismo o afán obsesivo de limpieza. Y como Tortuga no es un reptil sentimental, al menos por lo que sabemos, desde hace muchísimo tiempo se resarce de la marcha de Yo con el cuidado de la casa.

Además, no es la primera vez que ocurre. Por características de su especie, está acostumbrada a la extinción: desde el Mesozoico asiste al espectáculo de la presunción y el ridículo de los seres vivos. Incluso los más arrogantes, los de *hybris* más acentuada, se extinguen. Ni el tamaño, ni la corpulencia, ni la caja torácica, ni la dentadura prominente, ni la postura erecta, ni las alas han podido hacer lo que ha hecho el llevar una casa a cuestas, en punto a conservación y supervivencia.

Así, desde dentro del caparazón y asomada a la ventana, Tortuga ha visto pasar millones de seres arrogantes pero sin techo que ya no han vuelto. En todas las ocasiones se ha tragado la despedida, se ha rendido a la evidencia, ha entrado en su casa y se ha puesto a limpiarla.

Es lo que hizo cuando Yo desapareció; desapareció no porque se extinguiera, sino porque una de las familias de su especie se deshizo. Tortuga se pasó años dedicada a mantener la bóveda, a pulir el suelo de su casa. Ventilaba por las mañanas, quitaba el polvo, reparaba el zócalo, cuidaba de puertas y ventanas.

Del techo se ocupaba desde dentro y dejaba que el exterior lo limpiara la lluvia. Cada vez que el cielo se abría, daba las gracias: como nunca ha visto su tejado, se lo imagina reluciente, como una cúpula dorada y deslumbrante.

Luego, al hacerse de noche, cerraba puertas y ventanas y dormía en medio del olor a limpio. Eternizar su nada, abrillantarla, combatir la enfermedad del intimismo con tareas de hogar ha sido la receta que la ha salvado, que ha permitido que su especie siga avanzando.

Pero desde hace unos días, Tortuga no está sola. Mientras ella se dedicaba a las labores domésticas, mientras arreglaba su casa en lugar de sentarse a la puerta a ver que nada ocurriera fuera, se ha construido mucho alrededor.

Una mañana se asomó y vio que a la derecha había otra casa de su especie que le tapaba la vista. Y a la izquierda, otras dos tortugas, algo más pequeñas que la primera, pero del mismo modelo: tejado con forma de caparazón, perfectamente geométrico, de una elegancia broncínea y con los escudos dispuestos radialmente.

Los mismos arquitectos exquisitos, el mismo Triásico evidente.

Y así es como, un día, Tortuga se convirtió en un chalé adosado. También los reptiles tienen sueños pequeñoburgueses. No sabemos la reacción que tuvo Tortuga, ni si la relación fue de simples buenos vecinos, de solidaridad de especie, de charlas en el umbral o de puertas cerradas.

Tampoco sabemos de dónde venían ni si venían a conquistar o en retirada. El caso es que, una mañana, aparecieron también los pies descalzos de un niño, unos grititos y una minúscula carcajada.

Hubo unos momentos de silencio y luego los caparazones se abrieron. Y asomaron las cabezas, incapaces de resistirse a la llamada de la infancia.

73. CASA DE LA VALLA, 2011

Lo que vemos en general es lo que queda de una comida o de una cena, a saber, desorden, disgregación de lo previamente íntegro: migas de pan, vasos con un culín de vino, una jarra con un poco de agua, platos con cáscaras de mandarina y una impresión de cansancio y confusión. Pero fijémonos en particular en las sillas y en las servilletas. Sobre la mesa hay dos servilletas –una doblada e intacta y la otra desplegada y con alguna mancha, pero no muy arrugada–, hay otras en los asientos, una en el suelo, entre la silla y la puerta de la casa, que da a la escalera.

Las sillas están dispuestas de acuerdo con las servilletas, aunque esto solo se concluye *a posteriori*. Dos están bien colocadas en la mesa, otras dos están separadas y giradas, como si sus ocupantes se hubieran levantado. Una parece que nunca se hubiera usado: es la que corresponde a la servilleta intacta, la más cercana a la cocina y en la que estaba sentada Madre. Las demás se atribuyen fácilmente y son de Padre, de Yo, de Esposa y de Hija. La servilleta que está en el suelo cerca de la puerta es de Yo, aunque esto, en sí mismo, no indica melodrama. Es más bien costumbre o distracción inveterada: se levanta siempre al ter minar de comer y enseguida se olvida de que lo hace de una mesa a la que se come. Pero en esta ocasión la comida sí ha resultado mal, hay que reconocerlo: Esposa e Hija se han levantado también, han metido las sillas debajo de la mesa con la rodilla, han dejado la servilleta en el asiento y, siguiendo a Yo hacia la puerta, se han despedido de Madre y de Padre.

La escena –la mesa del comedor, abierta para la ocasión– tiene como único sonido el de las tres portezuelas del coche en el que acaban de subir, el del motor que arranca y el del tubo de escape roto del Panda que se desvanece en la distancia. El trasfondo es el de siempre: la Casa de la Valla, los otros bloques de cemento gris, el urbanismo monótono del barrio, al que el domingo pone sordina.

En la casa se oye ahora ruido de agua en el fregadero, donde, a base de lavavajillas, Madre intenta borrar los malos recuerdos de la vajilla para, cuando la ponga de nuevo en el aparador, todo vuelva al estado previo a la comida. Después tocará quitar el mantel y poner la lavadora, la extensión volverá a desaparecer debajo de la mesa y sobre esta volverá a colocarse el ánfora de porcelana.

Padre está sentado en el balcón, es un veterano de las comidas comprometidas, pero esta vez no ha dado gritos ni ha montado una escena. Incluso la amenaza que, en unas pocas frases, le ha dirigido a Madre –deseándole, con una indirecta nada vaga, que el tumor se le reprodujera, como venganza por librar a Yo de las garras paternas– ha llovido sobre mojado, y la única sorprendida ha sido Hija, a la que las manos le temblaban de rabia.

Y ahora reina un silencio en el que resuena el ruido del agua del fregadero y el canto confuso y como burlón de los pájaros que hay en el único árbol del vallado. Ni siquiera se han despedido en la puerta y la despedida tampoco ha sido nada especial, salvo por una pregunta que le ha hecho Madre a su hijo, una pregunta –oratoria emotiva, chantaje del corazón– que se ha llevado el viento, pero que ha puesto título a la película de la cena, un título poco original: «O ellos o nosotros, última noche en cartelera.»

Y cuando, en efecto, cierran la mesa, el coche está ya a unos treinta kilómetros al norte, en medio de la llanura. Yo conduce, Esposa va a su lado, no dice nada, pero le tiene la mano puesta en la pierna derecha y a ratos se la acaricia. Hija, sentada detrás, le mira la nuca y quizá piensa en lo que Yo se parece a sus padres –parecido con el que Yo cargará toda la vida– y en aquella casa, o seguramente piensa en otra cosa, cierra los ojos y apoya la cabeza en la ventanilla. Al final Esposa pone la radio y busca una emisora que los ayude a cruzar esa llanura monótona y conmovedora que se extiende alrededor y defiende el tedio y la independencia de ellos.

74. CASA DE LA DISPERSIÓN, 2019

Está ubicada, según le han dicho, «al salir de la autopista a la derecha». Pero según el navegador no existe o, mejor dicho, es un engaño: la voz femenina nos dirige a otro sitio, o más exactamente nos lleva a un punto indeterminado de la carretera provincial donde no hay más que un cartel que dice: «ANÚNCIATE EN EL 0141539440».

Por otra parte, las protestas e indicaciones de clientes y propietarios han ayudado poco a localizar el punto en el mapa: la respuesta ha sido, en su versión breve, que le dirán al satélite que esté más atento.

Desde el punto de vista arquitectónico o, por lo menos, estructural, la Casa de la Dispersión es una construcción de chapa y cemento. Se llega, efectivamente, saliendo de la autopista y bajando en espiral otros seis kilómetros. Pagado el peaje y pasada la barrera, se abre un escenario de naves industriales más o menos iguales, verjas automáticas, tráileres sin remolque, furgones con las portezuelas abiertas, montacargas que van y vienen.

Es la desolación productiva mantenida rigurosamente en las afueras. Es el corazón del planeta, lo que, desde el punto de vista del beneficio, lo hace girar sobre su eje. Pero es también su supresión. Es lo que no se puede ver del mundo de la desaparición, del milagro de la mercancía que recibimos empaquetada en nuestras casas. Es el lugar donde ese milagro se opera, donde las cosas se embalan; millones de toneladas de productos, plástico y cartón, el esqueleto inmenso, inimaginable, de la liviandad posmoderna.

En este escenario, la Casa de la Dispersión es una nave como cualquier otra.

Fuera hay un cúmulo de cosas distribuidas según un criterio que al pronto no se entiende: lavabos dejados boca abajo en el suelo (que es una superficie de gravilla que recuerda que fue de asfalto), bidés y tazas de váter arrancados de mala manera de algún cuarto de baño, un par de somieres, neumáticos de invierno, botas y zapatos, algunos de ellos sueltos, una bicicleta sin sillín, un carro de la compra, un flotador medio desinflado con forma de pato. El resto es un montón aparentemente aleatorio de objetos cuyo uso ha prescrito.

Podría parecer un vertedero si no fuera por el relativo buen estado de lo que allí hay. El óxido, que suele reinar en este tipo de lugares, aún está bastante ausente, a excepción de algunas manchitas que se ven en la portezuela de un Fiat Punto que hay apoyada en la pared y en el tambor de una lavadora en el que hay metido un tendedero. Eso significa, de hecho, que todo lo que hay está listo para ser vendido y volver a usarse.

A continuación nos asomamos dentro –a través de una puerta corredera enorme, que difícilmente puede abrir una persona– y terminamos de hacernos una idea de lo que es aquello. Almacenado en un espacio de unos mil metros cuadrados e iluminado por la luz glacial de los fluorescentes del techo, se ve lo que quedó de cientos de vidas que fueron desmontadas, transportadas a aquella nave y puestas a la venta a un precio muy inferior a lo que valen. Todos los objetos llevan una etiqueta en la que se ve, escrita con rotulador, una cifra que se ha rebajado mil veces, que se ha borrado y vuelto a escribir con el único fin de que el artículo se venda y se liquide.

No hay un criterio estético ni se busca que nada haga juego con nada. Son muebles que se sacaron de las casas y se colocaron allí al azar: contrachapados de la peor calidad junto a caobas preciosas, un aparador solitario separado de su cocina y ahora puesto encima de una cómoda estilo imperio.

Aunque sin orden, los artículos están distribuidos por zonas de utilidad de la casa. Los electrodomésticos están al fondo a la derecha. Hay frigoríficos, algunos son para empotrar y parecen un alma de plástico y metal que se ha quedado sin cuerpo; otros tienen la puerta abierta y se ve que por dentro están amarillentos y tienen la huevera puesta en una guía lateral. Unos son altos y están llenos de pegatinas –como lo están, por cierto, muchos muebles de habitaciones que fueron de adolescentes, muebles que han colocado en una zona lateral no lejos de los congeladores–, otros no pasan de la cadera, son restos de vidas provisionales, de comer poco en casa.

En medio de la nave hay una serie de mesas largas llenas de vajilla. Hay juegos de platos, casi ninguno completo: hay seis ejemplares de todos los tipos menos uno de un tipo, muchas veces el plato que falta es uno hondo. Hay porcelana fina con motivos florales de principios del siglo XX –una idea discreta de decoración– y cuencos grandes, hijos nostálgicos del boom de los años sesenta, triunfo del blanco sin más ornamento que una fina línea amarilla o azul alrededor, señal de que había mucho, se hablaba poco y el bienestar era general.

Denominador común es el hecho de que estén desportillados, como les ocurre a los vasos, cuyos juegos están aún más incompletos, y a las tazas y tacitas, algunas de las cuales están ya puestas en bandejas opacas de plata no siempre muy vieja. Aquí y allá, en montones o sueltos, se ven manojos de cubiertos sujetos con celo, al precio de dos euros las veinticuatro piezas: son cuchillos, tenedores, cucharas y cucharillas que vivieron décadas en una cocina y han acabado allí junto con todo lo demás. Y también hay saleros, con muchos orificios aún obturados, y sacacorchos, hueveras de plástico verde, espumaderas, lotes de ceniceros que pertenecieron a restaurantes que quebraron.

Y todo está en este recinto enorme, en esta nave industrial situada a dos pasos de un viaducto, fosa común del milenio adonde Occidente va de compras. Son casas a precio de saldo, viviendas que se vaciaron por fallecimiento o quiebra del propietario, o quizá por desinterés, por hastío del gusto y de la propiedad; herencias que los beneficiarios, horrorizados por la estética de sus mayores y más interesados en el ladrillo que en la vajilla, liquidaron. Pero precisamente por eso es el mercado perfecto para quien quiere amueblar su nueva casa, montar un piso entero gastando poco, conjugar lo improbable, yuxtaponer anacronismos. Allí se abastece el presente para sus collages, para sus mosaicos de trozos del siglo XX puestos a la venta aún llenos de polvo.

Entre todo eso, aquí y allá, están los muebles de Yo, todo lo que durante décadas arrastró de piso en piso y al final se fundió con el mundo estético de Esposa y de Hija.

Sería inútil e inútilmente laborioso buscar cada uno de los objetos que, puestos juntos, formaban su hogar. Es probable que, entretanto, se hayan vendido, todos o en parte. La verdad es que fue un mundo que desapareció –del que Yo se despojó–, un mundo que fue desmembrado y colocado junto a otros mundos que también perdieron.

Los armarios están con los armarios –aunque todos en la soledad de su respectivo estilo–, las sillas con las sillas, las vajillas juntas en la mesa. Y todos los objetos, todos los muebles tienen su etiqueta, colgada deprisa y corriendo y muchas veces mal recortada, y su número de serie. Todo está allí, todo lo examinan los posibles compradores, se abren y se cierran muchas veces las puertas de los armarios, se comprueban las púas de los tenedores con las yemas de los dedos y se dejan de nuevo en la mesa, en medio del caos general.

Yo nunca ha ido, ni le ha dado a la empresa encargada de la venta su cuenta bancaria para que le ingresen el porcentaje ínfimo del poco beneficio que den en el futuro sus veinte años pasados. Ni siquiera sabe la dirección, a decir verdad; sabe que está al pie de un viaducto y eso le basta para imaginarse la caída a pico de cuanto poseyó: veinte años de vagar de casa en casa unos muebles que compró en bloque con un cheque de caja, que maltrataron en mudanzas hechas deprisa, que subieron montacargas o brazos a sueldo, que unas veces colocaron a la luz y otras metieron en cuartos pequeños, que desmontaron y volvieron a montar y que arrimaron siempre a las paredes. Y que ahora descansan en paz, en esta caída final desde el viaducto, donde nadie mira nunca porque todos conducen, donde tampoco mira Yo ahora, que pasa de largo e ignora las cenizas de su pasado, esparcidas profusamente por el paisaje urbanizado.

75. CASA DE LA AMISTAD, 2020

Si la consideramos en conjunto, es enorme, porque es una estación de trenes, la última de Roma o la primera si se viene del norte. Pero concretamente –la casa propiamente dicha– es un andén. Y, para ser más exactos, unos pocos metros de ese andén, tras la línea amarilla y a un paso de la vía. La vía suele ser la 6, aunque a veces cambia, como anuncian en el último minuto, a consecuencia de retrasos o imprevistos. La Casa de la Amistad anuncia su llegada en un panel luminoso: figura, en letras fluorescentes, entre los demás destinos de la lista. Dice dónde y por cuánto tiempo podrá vérsela, como si fuera un cometa.

Ahí la busca Yo, después de apearse del tren en el que ha atravesado Roma –siempre con la fila de gasómetros a la derecha y entre los abigarrados edificios amarillos y naranjas de Testaccio– y que ha proseguido su carrera entre postes hacia la Sabina. Llega al vestíbulo de la estación Tiburtina, levanta la vista, se abre paso entre la multitud y localiza la casa en la lista que va pasando y en la que algunas ciudades parpadean y se descuelgan de pronto, desaparecen de la columna de destinos. A veces no ha aparecido todavía y Yo tiene que estar atento: mira el panel como si mirara el cielo, como hacen todos los demás. Y de repente aparece.

La Casa de la Amistad llega hacia la 8.05, si no hay problemas en el tráfico de trenes que salen de Milán con destino al sur. El lugar de la vía en el que se ubica nunca es el mismo y se extiende un metro y medio. Es el espacio que Yo ocupa mientras, con la mochila entre los pies –lleva el ordenador y una muda por si decidiera no volver a Roma hasta el día siguiente–, espera el tren rápido en el que viaja al norte. Pero la casa es realmente casa cuando al cuerpo de Yo se une otro que llega sofocado después de cruzar corriendo el paso subterráneo desde la vía 1. Viene de provincias, pasa el día en Roma y por la noche se vuelve. El abrazo en el que se funden estos dos hombres de barba entrecana es la puerta de la casa, cuyos goznes la costumbre mantiene bien engrasados.

La duración de la aparición varía, pero rara vez supera los once minutos y siempre es una cuenta atrás. En ese tiempo se habla alegre y atropelladamente. Se cuenta resumidamente lo que aún no se ha contado: todo son medias frases, una novedad sin importancia alterna con una desgracia, con un libro recién leído, con algo que se teme, con planes para el verano. Agitan el cubilete de lo que tienen que contarse y lo que sale es lo que sabrán uno del otro cuando se despidan. Hasta entonces, Yo mira la vía en dirección a Roma y, si ve venir su tren, se cuelga la mochila, pero sin interrumpir la conversación.

A las 8.05 aparece y a las 8.14, normalmente, la Casa de la Amistad desaparece. Permanece, invisible, ese metro y medio de buen humor en el andén, que media hora después pisarán otras suelas de zapato. La Casa de la Amistad reaparecerá a los diez días o al mes, se encenderá el rótulo en el panel y luego desaparecerá de nuevo.

76. CASA DEL TUMOR, 2009

La sensación que tiene Yo es de impostura desde el momento en que ve el edificio recortarse contra el cielo terso en medio del campo: las montañas de detrás cierran la vista. Esa sensación coincide con el silencio sólido de la estructura, con el vacío que la destaca del paisaje. Coincide con la naturaleza militar del sitio, con la guerra mundial que en él se libra.

Coincide como el coche coindice con la plaza de aparcamiento.

Aumenta cuando, deslizándose por la guía y activadas por el ojo de la fotocélula, las puertas se abren. Y se convierte en una capa de hielo cuando franquea el umbral y su silueta aparece junto a la de Esposa, quien, en cambio, entra saludando y es correspondida con dos saludos y dos sonrisas.

Esposa entra como un veterano de la muerte. Yo es un privilegiado que ha vivido siempre en el lado seguro de la vida y por eso saluda con vergüenza y cierta sensación de insignificancia.

También el ascensor, después de un imperceptible instante de espera, se eleva resueltamente y los números de planta van apareciendo en el display; cuando llega a la tercera, la puerta se abre con mecánica precisión. Salen a un largo pasillo por el que viene una mujer calva en una silla de ruedas que una enfermera empuja.

Esposa sabe saludar, lo hace con naturalidad; Yo, en cambio, no puede evitar que su natural amabilidad suene afectada. Coge a Esposa de la mano, se acerca a ella, como con precaución. Las de la silla de ruedas entran en el ascensor, Esposa acaricia delicadamente a Yo. La puerta del médico se abre y, cuando los dos han entrado, se cierra.

Lo más importante es salir del edificio, ver el campo que se extiende alrededor. El ascensor sigue parado en la planta baja, Yo y Esposa se han despedido de todos en mitad del vestíbulo.

Es Yo quien saca a Esposa fuera, a la vida.

Después de repasar los análisis y examinar, con la yema de los dedos, la raya nítida y ya pálida de la cicatriz, el médico ha dicho que Esposa está curada. En adelante, ha añadido en tono llano, sin énfasis, tiene la misma probabilidad de morir que los demás.

«Nos vemos dentro de cinco años», ha dicho por último el médico, al despedirse.

De lo que ocurre en el camino de vuelta a casa no hay mucho que decir: Yo, como siempre, conduce, Esposa se quita los zapatos, encoge las piernas en el asiento y sigue haciendo el crucigrama que estaba haciendo cuando iban a la Casa del Tumor. De cuando en cuando le pregunta a Yo y Yo contesta; si la palabra es la correcta, dice: «Bien»; si no, dice: «No.»

Se dicen otras cosas que incluso en el recuerdo son de lo más triviales. En cambio, se les antoja un milagro, cuando recuerdan aquel día, que encuentren aparcamiento a la puerta de casa.

77. CASA DE LOS APUNTES, 2021

La Casa de los Apuntes es una casa de palabras ambulante, adonde Yo ha trasladado su actividad. Yo no va todas las mañanas, pero abre la puerta cuando quiere. Técnicamente es un cuaderno, es decir, un paralelepípedo, visto desde el punto de vista arquitectónico. Tiene ochenta y una páginas y, por tanto, otras tantas habitaciones.

Los apuntes son frases que han salido malparadas, que viven por pura subsistencia. Están maltrechas, achacosas, nadie dejaría que salieran en un libro.

La casa solo tiene una entrada, una puerta de aspecto sobrio, de cartón negro.

Las ochenta y una habitaciones están puestas en fila: es el capricho del arquitecto. Así, para acceder a una, hay que pasar por las que la preceden. Quien primero llega, primero se instala, se avanza por derecho de conquista.

Como el lugar se ocupa por orden de llegada, es natural que en los cuartos se alojen apuntes que tienen poco en común. Pero la convivencia nunca ha sido un problema. A veces uno traza una línea para marcar su espacio, pero, en general, viven en paz.

No hay una sola Casa de los Apuntes.

Cuando todas las habitaciones se ocupan, Yo empieza otro cuaderno y asigna así habitaciones de nuevas casas a nuevas frases.

Misma puerta, misma serie de habitaciones, mismo proceder.

Hay épocas en que las casas se llenan en una semana y otras en que se quedan medio vacías incluso un mes.

Eso sí, cuando las palabras empiezan a llegar, casi siempre lo hacen en un flujo que parece interminable. Nunca se sabe qué desencadena ese tropel de apuntes. No se sabe si la causa es la paz o la guerra, la felicidad o el dolor.

Periódicamente, Yo visita las casas, repasa sus cuadernos. Uno tras otro, inspecciona todos los edificios. Ve las condiciones en las que se encuentran, comprueba puertas y ventanas, se ocupa del mantenimiento.

Entra en los cuartos para ver qué tienen que decirle las frases que se alojan en ellos. Es la parte más imprevisible de la operación. Hablan todas a la vez, todas quieren ser escuchadas.

La razón de que todos los apuntes se agolpen en torno a Yo es que saben que Yo tiene un poder. Saben que, por selección o por capricho, Yo coge a algunos de ellos y se los lleva a otro sitio.

Es una especie de ascenso social. Es el milagro que todos los apuntes esperan: convertirse en frases acabadas. Cuando esto ocurre, hacen la maleta, salen del edificio y echan a caminar por una calle por la que ninguno ha vuelto, la que lleva a una nueva vida en una página impresa.

78. CASA DE LOS RECUERDOS FUGADOS

Imaginémonos a Yo un amanecer de noviembre frente al aparato de los recuerdos que escaparon de su memoria. La escena sigue siendo la misma: una caja de plexiglás con un brazo y una pinza mecánicos que tratan de coger lo que hay en la arena del fondo. Y la secuencia de los hechos es también la misma: al deseo de atrapar un recuerdo sucede la frustración de fallar en el intento. Es decir, Yo introduce una moneda, el brazo mecánico se activa, la pinza se abre y desciende, llega a la arena, se cierra, no atrapa nada y se vuelve de vacío; la acción de salvamento se frustra por enésima vez.

Vemos la cara de Yo: primero está concentrado, luego da un puñetazo de rabia en la caja. Echa otra moneda, vuelve a fallar.

Pero este amanecer de noviembre Yo la emprende a patadas con el aparato. La pinza atrapa recuerdos pero no consigue sacarlos de la arena. Asoman un instante, son retazos de recuerdos que afloran indecisos. Pero la pinza los suelta, ellos caen y desaparecen de nuevo. Es entonces cuando Yo se harta, golpea el cristal con rabia, le da patadas y puñetazos. Al final vuelca la caja de un empujón y se va.

Y así es como la Casa de los Recuerdos se abre, aunque lo hace demasiado tarde y Yo no puede entrar, su espalda se aleja y es ya un puntito que desaparece.

La caja de plexiglás cae y se rompe, con el choque primero se agrieta y luego se abre. La arena del fondo se derrama, es una avalancha de polvo y recuerdos que se extiende por el suelo. Parece por fin liberada, pero quizá es que simplemente ha salido por la puerta y se ha esparcido, se ha quedado sin casa. El brazo mecánico yace por tierra, la pinza ha quedado medio abierta, como congelada, el mecanismo está definitivamente roto.

Ahora el cementerio de los recuerdos que escaparon de la memoria de Yo es un cementerio profanado. Yo no volverá para ver qué había en el fondo y reconstruirlo. Aceptará que los ha perdido, considerará que nunca ocurrieron, pronunciará el pronombre Yo aceptando que la ficción es elegida.

Yo no verá este paisaje de basura y arena, el vertedero de los recuerdos que no hallaron sitio en ninguna de las casas en las que ha vivido, basura que yace en el fondo del mar mientras por la superficie transitan otras naves, nuevos barcos.

Yo no verá, pues, los coches de policía correr con las sirenas puestas cuando encuentren el cadáver de Prisionero en el maletero de un coche; no verá los helicópteros rasgar el cielo de Roma en busca de los fugitivos; no verá a la gente detrás de las ventanas, asustada; no verá a Parientes comentar la muerte de Poeta con la señal de la cruz; no verá a Abuela esconder el vino debajo del fregadero; no la verá tambalearse e insultar a Madre; no oirá la voz de Abuela pidiéndole ayuda por teléfono; no se verá colgando el teléfono y hacer como si nada hubiera ocurrido; no verá a Esposa abrir los brazos y estrecharlo entre ellos como si intentara un último salvamento; no se verá abrazándola, prometiéndole que estarán siempre juntos; no se verá feliz, dándole las gracias, antes de dormir, por haberle dado una casa, y comprándole flores los domingos por la mañana; no la oirá llorar mientras él se hace el dormido; no verá el abrazo que se dieron, con una ternura incoherente pero absoluta, cuando se divorciaron; no se verá prometiéndole a Hija que será su padre, aunque no lo sea de verdad; no verá a Padre llevándolo a cuestas de niño, metiéndolo por primera vez en el mar; no verá a Hermana ayudándole a montar en bicicleta, no oirá su voz cuando, de adulta, le grite al teléfono: «Eres un cobarde»; no verá a Madre volviendo la cara cuando Padre, en la cocina, ponga a Yo contra la pared y le grite: «Te mato», no la verá ahuyentar una mosca de su cabeza cuando, siendo adolescente, duerma en el sofá, ni la verá esperándolo a la salida de la guardería con un jersey más grueso; no se verá a sí mismo dándole la mano a Padre cuando lo ayude a bajar por la escalera, ni a Madre bajando con Hermana cogida de la mano; no verá la cara de Madre la última vez que estuvo en casa de sus padres y ella le preguntó: «¿Volverás?», ni se verá contestando: «Claro», sin saber aún que no volvería.

No verá todo esto porque ya está lejos, también el puntito se ha desvanecido en este amanecer de noviembre. Ha empezado a soplar un viento que quizá traiga la primera nieve. La nieve cubrirá con un manto blanco este paisaje de recuerdos naufragados y, aunque fría, protegerá la tierra y su calor.

NOTA

Doy las gracias a la American Academy de Roma, a la Rice University de Houston, a Graziella Chiarcossi, a María José de Lancastre, a Miguel Gotor, a Francesco Morgando, a Daniela Piergallini, a Claire Sabatié-Garat, a Irene Salvatori, a Fabio Stassi, a Franceso Targhetta, a Marco Vigevani, a Claudia Zonghetti y a todo el equipo de Feltrinelli. Esta novela debe mucho a la cercanía de todos ellos. Y yo también.

ANDREA BAJANI,
Houston, 9 de diciembre de 2020